どっち？ ラスト1行の四字熟語【よじじゅくご】

たからしげる

PHP

目次

【もくじ】

妖《よう》怪《かい》

ヒーィ……ヒーィ……。

夜中にそいつの鳴く声がした。だれかが下手《へた》な口笛を吹《ふ》いてはやめ、吹《ふ》いてはやめをくり返しているようにきこえる。気味が悪い。中森穂波《なかもりほなみ》はベッドで寝返《ねがえ》りをうった。

ふすまの向こうで、チュンが小さな声を上げた。手乗りのサクラブンチョウだ。ヒナのころから飼《か》い始めて、そろそろ三か月がたつ。人間の年に換算《かんさん》すると、穂波《ほなみ》と同じ小学五年生くらいになるだろうと、いつもエサを買いにいく小鳥店のおじさんが言っていた。

いま、チュンもあの鳴き声をきいて、気味悪がっているのかもしれない。穂波《ほなみ》は起きていって、お休み用のカバーのすきまから「大丈夫《だいじょうぶ》よ」と声をかけてあげようかと思った。

でも、そのうちまた睡魔《すいま》がやってきて、いつのまにか眠《ねむ》りに落ちていた。

翌朝《よくあさ》、穂波《ほなみ》は朝ごはんのテーブルで、会社に出かける前のお父《とう》さんにきいた。

「夜中にへんな動物の鳴き声がして、起きちゃったの。あれって、何だったんだろう？」

「ああ。あれはヌエだな。漢字だと、夜と鳥を合わせて一字にするんだ」

そのとき、お父《とう》さんのスマホが電話の着信を知らせるメロディーを流し始めた。

お父《とう》さんはテーブルの上にあるスマホを取ると、耳にあてて返事をしながら、玄関《げんかん》のほうにいってしまった。お母《かあ》さんがお父《とう》さんの後をつないだ。

「ヌエっていうのはね、伝説上の妖怪《ようかい》よ。大昔の物語に出てきたの。サルとタヌキと、トラとヘビだったかな。この四つが混《ま》じり合ったみたいな姿《すがた》をしているんですって」

「わあ。妖怪《ようかい》なんだ」

穂波《ほなみ》はどきんとした。そんなのが、きのうの夜中に家の近くで鳴いていたんだ。そう思うと、あの気味の悪い鳴き声を思い出してしまった。落ち着いてはいられない。

「でもね」

お母《かあ》さんがそう言ったところで、お父《とう》さんがあわてた様子で戻《もど》ってきた。

「すぐに出かけないと。きょうが早朝会議だってことをすっかり忘《わす》れていた」

「まあ、たいへん」

お父《とう》さんとお母《かあ》さんは大あわてで、たちまち出発の準備《じゅんび》をととのえた。

「それじゃお母《かあ》さんは、車でお父《とう》さんを駅まで送ってくるから、ひとりでごはん食べて、学校にいく用意をすませておいてね」

二人《ふたり》とも、あっというまにいなくなった。

ひとりになった穂波《ほなみ》は思った。ヌエっていうのは妖怪《ようかい》だったんだ。サルとタヌキとトラと、あと何だったかな？　ヘビだった。きのうの夜遅《おそ》く、家の近くで鳴いていた。ということは、まだそのへんにいるかもしれない。どうしよう。心がざわめいた。

そのとき、リビングの窓《まど》ぎわに置いてある鳥かごの中から、チュンがかわいい鳴き声を立てた。穂波《ほなみ》に、大丈夫《だいじょうぶ》？　ときいてくれたみたいだ。

「ありがとう、チュン」

穂波《ほなみ》は椅子《いす》から立ち上がると、鳥かごの前までいって、しゃがみ込《こ》んだ。毎朝、起きたらいちばんにエサと水を取《と》り替《か》えて、かごの掃除《そうじ》をするのは穂波《ほなみ》の役目だった。きょうの朝ももちろん、穂波《ほなみ》はしっかりとその役目を果たしていた。

「ひとりになったかと思ったけど、チュンがいてくれたんだ。よかった」

チュンは手乗りなので、かごから出してもらって家の中をとびまわるのが大好きだ。どこにとんでいっても、名前を呼《よ》べばすぐやってきて、肩《かた》や手に止まる。（小鳥店のおじさんによるとオスだろうということで）穂波《ほなみ》にとっては、かわいい弟分でもあった。

チュンが、出してもらえるかもしれないと思ったのか、もう少し高い声でまた鳴いた。止まり木からとび降《お》りて、かごの出入口の前までやってきた。

「わあ。出してほしいんだ。でもね。いまは出せないよ。ごめん」

そう言って立ち上がろうとすると、チュンがさらに大きな声で鳴いた。ちょっとでいいから出してよう、と甘《あま》えているみたいだ。かわいいよー。なでてやりたい。

「じゃあ、ちょっとだけ。お母《かあ》さんが帰ってくる前までの時間だからね」

遊びたいのはチュンなのか穂波《ほなみ》なのかわからない。あとは勢《いきお》いだ。穂波《ほなみ》はかごの出入口に指をかけてあけてやった。チュンはジェットコースターみたいなスピードで、あいた出入口を一直線に抜《ぬ》け出《で》てきた。天井《てんじょう》に向かって羽ばたいた。

「わあ、待って。どこいくの」

チュンはひらきっぱなしのドアを抜《ぬ》けて、玄関《げんかん》めがけてとんでいった。くつ箱の上に、ひらりと止まって羽を休めている。

「もう。そっちにいっちゃだめでしょ」

チュンをリビングに呼《よ》び戻《もど》さなくちゃ。穂波《ほなみ》がそう思ったとき、玄関《げんかん》の向こうのどこかで、そいつの声がした。ヒーィ……ヒーィ……。心臓《しんぞう》がでんぐり返りそうになった。

穂波《ほなみ》はあわてて、インターホンに連動している、玄関《げんかん》の様子を映《うつ》し出《だ》しているカメラ画面をON《オン》にした。外の風景しか映《うつ》っていなかった。でも、うそ、こわい。

穂波《ほなみ》が及《およ》び腰《ごし》で玄関《げんかん》までいくと、くつ箱の上からチュンが、肩《かた》にとび移《うつ》ってきた。

そのときの穂波《ほなみ》は、ほかのことを何も考えていなかった。ドアの外の様子を、ちらりとでも目にしたい。レバーを押《お》し下《さ》げて、ドアを押《お》しあけた。

外の明るい光が玄関《げんかん》に差《さ》し込《こ》んできたとたんだった。肩《かた》に止まっていたことを忘《わす》れていたチュンが、勢《いきお》いよくとび上がった。穂波《ほなみ》が、あ、と思ったとき、チュンはもう、朝の戸外にとび出していた。そのとき、そいつの声が隣家《りんか》の屋根の上からまた落ちてきた。

ヒーイ……ヒーイ……。

穂波《ほなみ》は我《われ》を忘《わす》れた。必死になってサンダルをつっかけた。玄関前《げんかんまえ》の石だたみの上まで走った。隣家《りんか》の屋根を見上げると、そこにはハトより少し小さいくらいの、スズメのような色をした鳥が止まっていた。ヌエとしか思えない鳴き声をしている。

と、そいつは大きく羽ばたいて、あっというまに穂波《ほなみ》の視界《しかい》からとび去っていった。代わりにどこからとんできたのか、再《ふたた》び穂波《ほなみ》の肩《かた》に止まったのは、チュンだった。

穂波《ほなみ》がチュンを無事にかごの中に戻《もど》したとき、お母《かあ》さんの車が帰ってきた。

ヌエと呼《よ》ばれている妖怪《ようかい》の正体がわかったのは、穂波《ほなみ》の話をきいたお母《かあ》さんが、ヌエとはトラツグミという野鳥の別名だと教えてくれたからだ。夜中に鳴くその声が気味悪いので、その事実を知らない人からは□□□□の妖怪扱《ようかいあつか》いをされていたのだった。

A 【事実無根】 B 【博覧強記《はくらんきょうき》】

正解・A

【 事実無根 】

じじつむこん

それが事実だという根拠《こんきょ》がまったくない。

〈関連語〉

▼**揣摩臆測**（しまおくそく）

物事をしっかりした根拠《こんきょ》もないのに、自分だけで勝手にそう思う。当て推量《すいりょう》で判断《はんだん》すること。

▼**流言飛語**（りゅうげんひご）

根拠《こんきょ》がないのに言いふらされる、無責任《むせきにん》なデマ。

参考

B ▼**博覧強記**（はくらんきょうき）

多くの本を読んでいて、内容《ないよう》をよく覚えている知識《ちしき》の豊富《ほうふ》なさま。

〈類義語《るいぎご》〉

▼**博学多才**（はくがくたさい）

広い分野の知識《ちしき》があって、多彩《たさい》な才能《さいのう》を備《そな》えていること。

〈関連語〉

▼**浅学非才**（せんがくひさい）

学問や知識《ちしき》が浅く未熟《みじゅく》なこと。自分を謙遜《けんそん》して言う場合が多い。

【例文】

●校医さんに関する悪いうわさは、事実無根だと証明《しょうめい》された。

●ただの揣摩臆測《しまおくそく》で人の悪口を言うのは、慎《つつし》むべきです。

●わたしが先生に恋《こい》しているなんて、流言飛語もはなはだしい。

●塾長《じゅくちょう》は博覧強記《はくらんきょうき》で、どんな質問《しつもん》や相談にもすらすら答えられる。

●レオナルド・ダ・ヴィンチは博学多才の画家として知られる。

●浅学非才《せんがくひさい》の身ではありますが、賞《しょう》をいただきまして光栄です。

迷子《まいご》

新学期になった朝の、一時間目の授業《じゅぎょう》が始まってまもなくだった。

「……というわけで、きょうからきみたちは六年生です。最上級生になったのだという自覚を持って、勉強にも遊びにも全力をつくしてください。いいね、高山《たかやま》くん」

新しく担任《たんにん》になった荒川礼《あらかわれい》先生が、いちばん前の席にすわっている高山塁《たかやまるい》を名指しにしてそこまで言ったとき、教室の後ろの扉《とびら》が音を立ててひらいた。

その男子児童は扉《とびら》を後ろ手でしめて、その場に両足をそろえて立った。

「ここは六年一組だよ」

先生の声にその子はうなずいてから、答えた。

「びっくりしちゃった。授業《じゅぎょう》がもう始まっていたなんて」

「びっくりしたのは、こっちのほうだよ。きみは何年何組？」

「きょうからこのクラス、六年一組です」

「まさか。さっき出席を取ったけど、きょうの六年一組は二十五人、全員が出席だぞ。ほら、あいている席はない」

その子はへんな色と形をした帽子《ぼうし》の上から頭をかきながら、言った。

「でもぼく、このクラスです。六年一組の山村岳《やまむらがく》です」

先生は教壇《きょうだん》の上に置いてある出席簿《しゅっせきぼ》を手に取って、目を通しながら答えた。

「残念だけど、山村岳《やまむらがく》っていう名前はここにはない。クラスをまちがえたんだね」

「まちがえていません。一組の宮城《みやぎ》先生のクラスでしょ」

「いや。宮城《みやぎ》なんていう名前の先生、この学校じゃきいたことがないぞ」

教室がざわめいてきたので、先生はみんなに「ちょっと待っていなさい」と告《つ》げて、山《やま》村《むら》くんとやらを連れて出ていった。

しばらくたって、先生が戻《もど》ってきた。

「えーと、みんな静かに。山村《やまむら》くんは、けっきょくどこのクラスなのかわからないので、校長室にいきました。校長先生なら事情《じじょう》がわかるだろうからね」

学校が終わって、塁《るい》が家に向かう坂道を上がっていたら、マンションの手前の路地に男の子がひとり、ぽつんと立っていた。山村《やまむら》くんだった。塁《るい》は声をかけた。

「あの。山村《やまむら》くんだよね」

山村《やまむら》くんは、さっきかぶっていたへんな色の帽子《ぼうし》も、背負《せお》っていたおかしな四角いバッグも、どこかへ置いてきたみたいだった。

「ぼく、六年一組の高山《たかやま》っていうんだけど。きょうの朝の授業中《じゅぎょうちゅう》にきみを見たよ。自分が何年何組だかわかった？」

山村《やまむら》くんは首を左右に振《ふ》って答えた。

「わからないんだ」

「だって、校長室にいったんでしょ？」

「いったよ。だけど、校長先生もぼくのことを知らないって」

「うそでしょ。校長先生が知らなかったら、だれが知っているのさ」

塁《るい》は山村《やまむら》くんを、頭のてっぺんからくつの先までしげしげと見た。

「帽子《ぼうし》や持ち物は？」

「校長室に置いたまま、逃《に》げてきたんだ。あの校長先生、知らない先生だった。それで、校長室をとび出して学校もとび出して、自分の家に帰ろうとしたんだ。でも、帰れなかった。けさ、ぼくがお母《かあ》さんに、いってくるねって言って出てきた家がなかったんだ」

「きみの家って、どこにあるの？」

「日暮坂《ひぐれざか》の四丁目だよ」

「ここから近いね」

「場所的には、すぐそこだけど。ぼくの家はなくて、別の人の家が建っているんだ。まさか道に迷《まよ》うわけもないのに、それからぼくずっと、このへんをぐるぐるぐるぐるまわっていて、もう疲《つか》れちゃったよ」

「もう一度、いってみようか」

塁《るい》の誘《さそ》いに、山村《やまむら》くんはほかに選ぶ手段《しゅだん》もなくうなずいた。二人《ふたり》は並《なら》んで歩いて、山村《やまむら》くんの家があったという場所までいってみた。

「この家が建っているところに、ぼくの家はあったんだ。でも、この家、二階建ては同じでも、ぼくの家とは色も形もぜんぜんちがう」

そう言われても、返す言葉がない。

「それで、これからどうするの？」

塁《るい》がきくと、山村《やまむら》くんはがっくりとうなだれて、言った。

「わからない。本当に何がどうなっているのか、ぜんぜんわからないんだ。ぼくはうそなんかついてないよ。高山《たかやま》くんはぼくのこと、気がおかしいとか病気だとか思ってる？」

「思わないけどさ。もしよかったら、ぼくの家にくる？　ちょっと体を休めて、気持ちを落ち着かせたら、何かいい考えが浮《う》かぶかもしれないし」

「ありがとう。そうしてもいいの？」

「もちろんだよ。おなかもすいてきたし。もしかして、昼ごはんはまだ？」

「はらぺこで死にそう」

「だったらおいでよ。すぐそこだから」

塁《るい》たちは並《なら》んで、丘《おか》の上のマンションの敷地《しきち》に入っていった。山村《やまむら》くんが言った。

「あれ？　このマンション、すごく高いね。五階建てだとばかり思っていたけど」

「昔からずっと十二階建てだよ。ぼくの家は八階にあるんだ」

「何もかもおかしなことだらけだ。すごく悪い夢《ゆめ》を見ているって感じ」

「だけど、いまは夢《ゆめ》じゃなくて現実《げんじつ》だよ」

「ちょっと待って。あれは何？」

東の空を見て、山村《やまむら》くんがさけんだ。明るく輝《かがや》く、円盤《えんばん》みたいに大きな午後の月が浮《う》かび上《あ》がっている。満月だった。

「月でしょ。そういえばきょうは満月だって朝、お母《かあ》さんが言っていたな」

「月だってことくらいわかるよ。だけど、あの月、ちょっとおかしくないか」

山村《やまむら》くんは、月から目をそらすことができないのか、その場にピンでとめられたみたいに固まったまま、声を重ねた。

「細いひび割《わ》れみたいなのが、ほら、表面にいくつもついているけど」

「あれね。月には人間が作った道路が、川みたいに何本も走っているんだ。ムーンリバーだよ。きょうみたいな満月になると、くっきりとよく見える」

いまも月面には、たくさんの学者や研究者たちが住んでいて、毎日、あのムーンリバーの上に月面車を走らせていることを、山村《やまむら》くんは知らないみたいだ。

「でも、さすがに走っている月面車の屋根までは見えないけどね」

そう言いながら塁《るい》が横に目をやると、そこに立っている山村《やまむら》くんの足もとがいきなり透《す》きとおり始めた。と思ったら、そのまま下半身から上半身に向かって透明《とうめい》になっていって、ついには頭のてっぺんまで、その姿《すがた》ぜんぶが夕闇《ゆうやみ》に包まれて消えてしまった。

塁《るい》は大きな声で呼《よ》んでみた。返事はなかった。山村《やまむら》くんはもう、どこにもいなかった。

丘《おか》の上からは、満月の下に広がる二十二世紀《せいき》初めの街の全貌《ぜんぼう》が□□□□に見渡《みわた》せる。

A【一望千里】　B【一瀉千里《いっしゃせんり》】

正解・A

【一望千里】

いちぼうせんり

一目ではるかな遠くまで見渡《みわた》せるほど、広々《ひろびろ》と見晴らしのよい。

〈類義語《るいぎご》〉

▼眺望絶景（ちょうぼうぜっけい）

ながめ、景色《けしき》、見晴らしが非常《ひじょう》によい。

〈関連語〉

▼広大無辺（こうだいむへん）

どこまでも、果てしないほど広い。

参考

B▶**一瀉千里**（いっしゃせんり）

川が一気に流れるように物事が速《すみ》やかに運ぶ。文章や話がよどみない。

〈関連語〉

▼迅速果敢（じんそくかかん）

すばやく決めて、思い切って行動する。

▼疾風迅雷（しっぷうじんらい）

強風のようにすばやく、雷《かみなり》のように激《はげ》しい。

【例文】

●東京スカイツリーから、都内の街《まち》並《な》みを一望千里に見渡《みわた》す。

●晴れた日の高尾山《たかおさん》に登ると、頂上《ちょうじょう》はまさに眺望絶景《ちょうぼうぜっけい》といえる。

●プラネタリウムで、宇宙《うちゅう》の広大無辺なさまを実感する。

●基礎《きそ》工事が終わったら、ビルの建《けん》設《せつ》は一瀉千里《いっしゃせんり》に進んだ。

●さすがに、プロのバスケットチームの攻撃《こうげき》は迅速果敢《じんそくかかん》だ。

●つかまることを恐《おそ》れた盗賊団《とうぞくだん》は、疾風迅雷《しっぷうじんらい》の勢《いきお》いで逃《に》げ出《だ》した。

友《ゆう》情《じょう》

六年生になってクラス替《が》えがあった。西川智也《にしかわともや》が通う小学校の新六年生は一組と二組があって、智也《ともや》は二組になった。五年生のときに智也《ともや》と同じ一組だった仲間たちの半数が、二組にやってきた。

新学期を迎《むか》えた智也《ともや》は、始業式で心が浮《う》き立《た》った。二組は男女合わせて三十五人いる。男子が十八人、女子が十七人だった。その男子の中に飯塚貞武《いいづかさだむ》がいた。

智也《ともや》が貞武《さだむ》と初めて顔を合わせたのは、五年生の夏休みが終わって、最初の登校日だった。すべての授業《じゅぎょう》が終わって家に帰る前に、智也《ともや》はいつもいっしょに帰るクラスメイトの田中修《たなかおさむ》を校庭に残して、ひとりで校舎《こうしゃ》一階にあるトイレにいった。

トイレには先客がひとりいて、三つ並《なら》んでいる便器の真ん中を使っていた。

智也《ともや》がその右どなりの便器の前に立つと、先客はちょうど用を終えたばかりで、便器の前からいなくなった。そのときの智也《ともや》は、その男子が五年二組に転校してきたばかりの貞武《さだむ》だとは、まだ知らなかった。

用がすんだとき、背後《はいご》で手を洗《あら》っていたそいつがいきなり声を上げた。

「ちょっときみ、そのまま動かないで。いいから動くなよ」

どうしたっていうんだろう。智也《ともや》は立像《りつぞう》のように体を固くした。まもなく、左側の肩《かた》の少し下の辺りを、相手の手でさっとはたかれるのを感じた。

「よし、いいよ。こいつとべないから、死んだふりをしていやがる」

貞武《さだむ》は白い歯を見せてそう言うと、足もとに落ちている黒い、巨大《きょだい》なアリのような虫を運動靴《うんどうぐつ》で踏《ふ》みつぶした。くしゃ。ちょっとかわいそうな音がした。

「きみの背中《せなか》をはい上っていくところだったんだ。ツチハンミョウだよ」

「ツチハンミョウって？」

智也《ともや》のきいたことのない虫の名前だった。

「こいつにさわると、脚《あし》のあいだから黄色い液《えき》を出すんだ。カンタリジンっていって、昔は暗殺《あんさつ》にも使われたくらいの猛毒《もうどく》さ。皮膚《ひふ》が焼けただれるくらいの水ぶくれになる」

「え。そうなんだ。あ、ありがとう。これ、素手《すで》ではたいてくれたの？」

「まごまごしていたら、きみの背中《せなか》にもぐり込《こ》んでいたかもしれないだろ」

どうってことないさ、という顔でそう答えた貞武《さだむ》は鏡の前にいくと、セッケンでもう一度手をごしごし洗《あら》い始めた。

タイルの上のツチハンミョウは、一撃《いちげき》でつぶされて昇天《しょうてん》していた。

「ほんとにありがとう」

「お礼は一度言えば十分だよ。じゃあね」

そう言い残して、ハンカチで手を拭《ふ》きながら、貞武《さだむ》はトイレから出ていった。

智也《ともや》は手を洗《あら》いながら、相手が何年生のだれかを知りたいと思った。でも、校舎《こうしゃ》の玄関《げんかん》まで後を追いかけることはできなかった。逆《ぎゃく》の方向の校庭で、修《おさむ》が待っていた。

修《おさむ》は戻《もど》ってきた智也《ともや》のズボンを見て、「おいおい」と言った。ずいぶんたくさん、水がはね返っていた。

「よくわかないんだけど。いつもの二倍、手を洗《あら》っちゃったみたい」

智也《ともや》は、たったいまトイレで起きたことを修《おさむ》に話してきかせた。

「ずいぶん虫にくわしいやつだな。でも、よかったじゃないか。そいつがいなかったらおまえ、その虫を連れてここまできていたんだから」

「うげ」

「そんなに危険《きけん》な虫だったら、こっちも、うげだぞ」

その後、智也《ともや》は学校で貞武《さだむ》と顔を合わせる機会がなかった。名前も知らない男子が何年何組にいるかもわからなかった。わざわざこちらから各教室をめぐって、相手の存在《そんざい》を確《かく》認《にん》してみようという気持ちにもならなかった。

その名前を教えてくれたのは、修《おさむ》だった。五年生をしめくくる修了式《しゅうりょうしき》が終わって、いっしょに下校するとちゅうだった。

「五年二組の飯塚貞武《いいづかさだむ》って、知ってるか？」

「知らない。だれ、それ」

「そうか。去年の九月、おれたちと同じ学年に転校してきたやつ」

「二組には知らない顔がまだ何人かいるからね。そいつがどうしたの？」

「毎日、朝と夕方、駅前に立って募金《ぼきん》活動をしているんだって」

「募金《ぼきん》活動って、どうして？」

「そいつのいとこが、まだ赤ちゃんなんだけど、心臓《しんぞう》が悪くて。くわしい病名はわからないけど、アメリカにいって心臓《しんぞう》移植《いしょく》を受けないといけないんだって。その資金《しきん》集めだ」

その子の病気は非常《ひじょう》にまれで、一歳《さい》未満の赤ちゃんが発症《はっしょう》するケースが多い。現在《げんざい》の医学では、最終的に心臓《しんぞう》移植《いしょく》を行わなければ命を救《すく》うことができない場合もあるとされている。しかし、日本でこの手術《しゅじゅつ》を行うことは事実上難《むずか》しく、患者《かんじゃ》は莫大《ばくだい》な費用《ひよう》をかけて、海外にいって手術《しゅじゅつ》を受けるしかないのが現状《げんじょう》だった。

「たいへんだね」

そのときの智也《ともや》は、そんな返事しかできなかった。修《おさむ》の話に出てきた飯塚《いいづか》貞武《さだむ》が、去年の九月に校舎《こうしゃ》のトイレで遭遇《そうぐう》して、背中《せなか》に止まっていたツチハンミョウをはたき落として退治《たいじ》してくれた相手だとは、思いもしていなかった。

それからも貞武《さだむ》が毎日、朝と夕方に駅前に立ち続けている募金《ぼきん》活動について、智也《ともや》はまったくの他人事《ひとごと》だった。

顔と名前が一致《いっち》したのは、春休みも半ばをすぎた日の夕方だった。智也《ともや》はその日、電車に乗って親戚《しんせき》の家に出かけて、少し遅《おそ》くなって帰ってきたところだった。

電車を降《お》りてから、いつも利用している西口とは反対側の東口で降《お》りたのは、駅前のアーケード街にある書店にいってマンガでも買って帰ろうと思ったからだ。

改札口から出たとき、目の前に立っていたのが貞武《さだむ》だった。両手で四角い募金箱《ぼきんばこ》を抱《かか》えて、改札口からはき出されてくる人たちに、大きな声で呼《よ》びかけていた。

「お願いしまーす。よしみちゃんの命を助けてくださーい。みなさんのお力をいただければ、とてもありがたいでーす」

貞武《さだむ》の左右には、おそらく両親と思われるおじさんとおばさんが、通行人に呼《よ》びかけるプラカードと、ベッドに寝《ね》ているかわいい赤ちゃんの写真をかざして立っていた。

「やあ、きみ」

目を合わせた貞武《さだむ》は、智也《ともや》の顔を忘《わす》れていなかった。白い歯を見せて近づいてきた。

「久《ひさ》しぶり。どうしてる？」

智也《ともや》はすぐに返事ができなかった。とたんに頭をかすめたのは、自分はどうしてこんなに薄情《はくじょう》で恩知《おんし》らずなんだろう、という思いだった。恥《は》ずかしさで顔が赤くなった。

「毎日、ここに立っているの？」

知っているくせに、そんな質問《しつもん》を発した智也《ともや》に向かって、貞武《さだむ》はどうってことないさ、という顔で答えた。

「いまじゃおれ、有名人かもよ。きのう新聞記者さんにインタビューされたんだ」

「すごいじゃん」

また、とんちんかんな反応《はんのう》を見せてしまった。智也《ともや》はいまから□□□□して、貞武《さだむ》のために募金《ぼきん》活動を手伝《てつだ》おうと心にちかった。

A【一念発起《いちねんほっき》】 **B**【一攫千金《いっかくせんきん》】

正解・A

【一念発起】

いちねんほっき

過去《かこ》の考えを改めて、何かを成しとげようと決意する。

〈類義語《るいぎご》〉

▼緊褌一番（きんこんいちばん）

心を引きしめて物事に当たる。

〈関連語〉

▼三日坊主（みっかぼうず）

あきっぽくて、何をやっても長続きしないこと。

参考

B ▼一攫千金（いっかくせんきん）

一度にたやすく大きな利益《りえき》を手に入れる。

〈関連語〉

▼一刻千金（いっこくせんきん）

わずかな時間が千金にも値《あたい》するほど、かけがえのない。

▼一騎当千（いっきとうせん）

すぐれた才能《さいのう》や経験《けいけん》を持っていて、非常《ひじょう》に強い。

【例文】

●来年は受験が控《ひか》えているから、一《いち》念発起《ねんほっき》して勉強の虫になろう。

●ふだんとはちがって、いざ緊褌一《きんこんいち》番《ばん》というときには十人分の力を発揮《はっき》する人。

●何事もその気になったら、三日坊《みっかぼう》主《ず》で終わってはいけません。

●宝《たから》くじで一攫千金《いっかくせんきん》をねらう人は、楽しめる夢《ゆめ》があっていいなあ。

●彼女《かのじょ》との久《ひさ》しぶりの楽しい語らいは、一刻千金《いっこくせんきん》の時間だった。

●今度出てきた新人歌手は、芸能界《げいのうかい》で一騎当千《いっきとうせん》の実力者と評判《ひょうばん》が高い。

共有

坂口悠太《さかぐちゆうた》と三浦悠太《みうらゆうた》は、同じ保育園《ほいくえん》にいたころからのなかよしだった。同じ小学校に入学してからは、同じ学年に悠太《ゆうた》と名乗る児童はこの二人《ふたり》以外にはいなかった。

いま、二人《ふたり》が在籍《ざいせき》している五年一組には、赤城莉奈《あかぎりな》という女子がいた。お父《とう》さんの仕事の関係で、アメリカのニューヨークという街で幼少期《ようしょうき》をすごし、五年生の新学期から悠太《ゆうた》たちが学ぶ一組に、転校生としてやってきていた。

莉奈《りな》は、妖精《ようせい》も恥《は》じ入《い》って顔を赤くそめるのではないかと思われるほどの容姿《ようし》だった。しかも勉強がよくできて、どんな相手に対しても礼儀正《れいぎただ》しくふるまうことのできる「できた」性格《せいかく》だったので、たちまちクラスの、いや、学校中の人気者になった。

いくら人気が高まっても、莉奈《りな》は決して自分を見失って高慢《こうまん》になったり、クラスの仲間たちを見下すようになったりはしなかった。どんな相手にも一目置いて接《せっ》した。

当然のことだが、二人《ふたり》の悠太《ゆうた》たちも莉奈《りな》の存在《そんざい》を毎日強く意識《いしき》して、こんな相手ともっと近しくおつき合いができたら人生最高かも、と思うようになってきていた。

五月の連休がすぎた、月曜日の放課後だった。それまで莉奈《りな》に対する自分の気持ちをだれにも明かすことなくすごしてきた坂口悠太《さかぐちゆうた》だったが、この日はいつものようにいっしょに下校してきた三浦悠太《みうらゆうた》に、ぽろっと胸《むね》の内を明かした。

「どうしたんだろうな、きょう」

それだけで、同じ気持ちを水面下で共有している三浦悠太《みうらゆうた》は、理解《りかい》した。

「初めてだよな。うん」

二人《ふたり》の話題は、もちろん莉奈《りな》だった。きょうの朝、出席を取る時間に、クラス担任《たんにん》の先生が莉奈《りな》の欠席を告《つ》げた。理由は言わなかった。風邪《かぜ》を引いただけなのかもしれない。ほかの病気やけがも考えられる。あるいは、家庭の事情《じじょう》というやつだろうか。

坂口悠太《さかぐちゆうた》は、莉奈《りな》の欠席の理由を知りたかった。でも、手を挙げて先生に質問《しつもん》する勇気はなかった。じつを言うと、三浦悠太《みうらゆうた》も同じだった。いや、クラスの大半は、そう思ったにちがいない。でも、だれも手を挙げようとはしなかった。

「これまで一度も休まなかったよな」

「うん。全出席だった」

どちらも、莉奈《りな》が学校にやってきた最初の日から毎日欠かさずノートにつけてきたみたいに、確信《かくしん》を込《こ》めて言った。

「連休中の疲《つか》れが出たのかな」

坂口悠太《さかぐちゆうた》が言って、三浦悠太《みうらゆうた》がきいた。

「連休中に赤城《あかぎ》さん、何か疲《つか》れるようなことでもしていたのかな？」

「わかんない。ただ、そう思っただけ」

「あっちこっち旅行したとか、運動をたくさんしたとか、遊びすぎたとか？」

「さあね。でも、そんなんで休むとは思えないな」

「うん。だったら勉強のしすぎか」

「あり得《う》るのか」

「したことないからわからん」

二人《ふたり》とも、連休中に莉奈《りな》が何をしていたかなんて、ぜんぜん知らないでいる。

数秒の沈黙《ちんもく》後、三浦悠太《みうらゆうた》が続けた。

「あしたの午後、国語と算数のまとめテストがあるんだっけ」

「うん。これまで習ってきたところぜんぶが出題範囲《はんい》だろ」

「いきなり決まったな」

「うん。きょう、いきなりね」

「ってことは、あしたが本番だ。そのこと、赤城《あかぎ》さんに教えてあげなくてもいいのかな」

「おれもそう思ってた」

「あした学校にきてそれ知ったとしても、遅《おそ》いよな」

「どうかな。赤城《あかぎ》さんは勉強できるから、あわてないかもだけど」

「おれならあわてる」

「おれもあわてる」

歩きながら話していて、いつもなら二人《ふたり》が手を振《ふ》り合う分かれ道までやってきた。どちらともなく足が止まった。お互《たが》いにしばらく見つめ合った。坂口悠太《さかぐちゆうた》が言った。

「教えてあげたほうがいいかもな。本人じゃなくても、家の人にでも」

「そうだな。だれも教えてあげないのはまずいよな。だったらいまからいってみようか」

莉奈《りな》の家がどこにあるかは、クラスのみんなが知っていた。転校してきたときに自己紹《じこしょう》介《かい》で、莉奈《りな》が教えてくれていた。

二人《ふたり》はまわれ右をすると、それまでの秘《ひ》めた思いを初めて実行に移《うつ》すために、丘《おか》の上のマンションをめざした。どちらも、ひとりで決行するよりずっと気が楽だった。

目的のマンションへと続く、急な坂道をしばらく上っていくと、上のほうから知っている顔が三つ、下りてきた。同じクラスの女子三人だった。悠太《ゆうた》たちは同時に反射的《はんしゃてき》に、すぐ近くにある木陰《こかげ》に身を隠《かく》した。

三浦悠太《みうらゆうた》がささやいた。

「見られたかな。いや、たぶん大丈夫《だいじょうぶ》」

三人は横一列になって、何やら楽しそうに会話を交《か》わしながら、二人《ふたり》が身を隠《かく》している木陰《こかげ》の前を通りすぎていった。

その姿《すがた》が完全に消えてなくなるのを待ってから、坂口悠太《さかぐちゆうた》が言った。

「あいつらに先、越《こ》されたかな」

三浦悠太《みうらゆうた》がうなずいて、返した。

「ああ。でもいいよ。いくだけいこうぜ」

坂口悠太《さかぐちゆうた》がうなずき返した。

二人《ふたり》が莉奈《りな》の住むマンションの敷地内《しきちない》に入ろうとしたとき、エントランスのほうから声がきこえてきた。

「本当にきょうはありがとう。あしたはぜったい学校にいくからね。バイバイ」

紛《まぎ》れもなく、それは莉奈《りな》の声だった。二人《ふたり》は同時に反射的《はんしゃてき》に足を止めて、手前にある駐《ちゅう》車場《しゃじょう》の車の陰《かげ》まで無音ダッシュした。

一台の車の陰《かげ》に身を隠《かく》した二人《ふたり》は、お互《たが》いのほおを寄《よ》せ合《あ》うようにして、莉奈《りな》が手を振《ふ》っている相手の姿《すがた》を車の窓《まど》ごしにながめた。

「矢島《やじま》くんと高崎《たかさき》くんだ」

三浦悠太《みうらゆうた》が口にしたのは、どちらも同じクラスの男子だった。

「そういえば、矢島《やじま》くんの家は、このマンションのすぐ近くだったよな」

坂口悠太《さかぐちゆうた》が応《おう》じた。矢島《やじま》・高崎《たかさき》コンビはどちらもうれしそうに手を振《ふ》り返《かえ》しながら、悠《ゆう》太《た》たちの目の前を通りすぎていった。去っていく二人《ふたり》の会話がきこえる。

「ほんと、びっくりしたよ。赤城《あかぎ》さんがあんなやつに夢中《むちゅう》だなんて」

「こっちからききもしないのに、自分で言い出したんだぞ」

「うん。悠太《ゆうた》って二人《ふたり》いるから、どっちの悠太《ゆうた》かってきいたら……」

声はどんどん遠ざかっていって、きこえなくなった。

二人《ふたり》の悠太《ゆうた》は見つめ合った。それまで□□□□に運ばれてきた友だちづき合いが、ここにきて一挙に破滅《はめつ》へと向かいそうな予感を、二人《ふたり》は同時に反射的《はんしゃてき》に抱《いだ》いた。

A【艱難辛苦《かんなんしんく》】 **B**【順風満帆《じゅんぷうまんぱん》】

正解・B

【 順風満帆 】

じゅんぷうまんぱん

追い風を受けて、物事がすべて順調に進む。

〈関連語〉

▼**一路平安**（いちろへいあん）
旅立つ人に、道中ご無事にとおくる言葉。

▼**上昇気流**（じょうしょうきりゅう）
大気が上昇《じょうしょう》していく流れ。調子が上向きになるたとえ。

参考

A ▼**艱難辛苦**（かんなんしんく）
非常《ひじょう》な困難《こんなん》にあって、とても苦しみ悩《なや》む。さまざまな苦労が人を磨《みが》いてくれる、という意味もある。

〈類義語《るいぎご》〉

▼**四苦八苦**（しくはっく）
物事がうまくいかず、とても苦労すること。

▼**七難八苦**（しちなんはっく）
仏教《ぶっきょう》でいうところの、七種の災《さい》難《なん》と八種の苦しみによる多くの災難《さいなん》。

【例文】

●順風満帆《じゅんぷうまんぱん》の人生にも、いつ急に乱《みだ》れが生じるかわからない。

●みなさん、修学《しゅうがく》旅行の一路平安をお祈《いの》りします。

●その本のおかげで、国語の勉強が上昇《じょうしょう》気流《きりゅう》に乗り始めた。

●艱難辛苦《かんなんしんく》を乗《の》り越《こ》えてこそ、成功への道がひらかれる。

●妹は宿題で、大の苦手な工作に四苦八苦している。

●社長は七難八苦《しちなんはっく》に打ち勝って、倒《とう》産《さん》寸前《すんぜん》の会社を立て直した。

再《さい》会《かい》

その猫《ねこ》と金子修平《かねこしゅうへい》が初めて会ったのは、ある日の早朝に見た夢《ゆめ》の中だった。全体に丸みがあって、白い胸《むね》と手足に灰色《はいいろ》のもこもこしたフードつき外套《がいとう》をかぶせたみたいな外見をしている。いかにも修平《しゅうへい》をよく知っているといったふうに、金色の目を輝《かがや》かせている。

修平《しゅうへい》がしゃがみ込《こ》んで、おいでおいでをすると、猫《ねこ》は短いしっぽをゆらしながら、ダッシュして身をこすりつけてくる。ざらざらの舌《した》で、のぞき込《こ》む修平《しゅうへい》の顔をなめまくる。

「おいおい、そんなにぺろぺろなめるなよ。すずら……」

そこで夢《ゆめ》はいつも終わって、修平《しゅうへい》は目をさます。「すずら……」とは何を言おうとしたのか、自分でもわからないままに。

その後も修平《しゅうへい》は月に数回の割《わり》で、まったく同じ夢《ゆめ》をくり返し見てきた。「すずら……」の意味は、いつもわからない。

一度だけ、教室でとなりの席にすわっている女子に、夢《ゆめ》の話を打ち明けたことがある。

「もしかしたらその猫《ねこ》って、金子《かねこ》くんが前世で飼《か》っていた子なのかもね」

そんな答えが返ってきた。「すずら……」の意味は、その子にもわからなかった。

ところが、夏休みが終わってまもなく、修平《しゅうへい》はその夢《ゆめ》をぱたりと見なくなった。夢《ゆめ》の中の猫《ねこ》は、どこへいってしまったのだろう？

あるとき、学校の昼休みに修平《しゅうへい》は、クラス仲間と三人で猫《ねこ》の話をして盛《も》り上《あ》がった。修《しゅう》平《へい》が夢《ゆめ》の話を始めたわけではない。ひとりが、飼《か》い猫《ねこ》の面倒《めんどう》を見る家族の役まわりの話をしたのがきっかけだった。もうひとりも猫《ねこ》を飼《か》っていたので、話題に火がついた。

帰宅《きたく》したときの修平《しゅうへい》は、自分もぜったいに猫《ねこ》を飼《か》いたいと思うようになっていた。一足先に帰ってきていたお母《かあ》さんに、さっそくお願いしてみた。

「そんなこと言っても、お父《とう》さんもお母《かあ》さんも働いているんですからね。世話をするのは修平《しゅうへい》ひとりだけになるのよ」

「いいよ、ぜんぜん。小学四年生のわが子がいつも家でひとりぼっちなんて、かわいそうでしょ。弟ができたと思ってさ。めちゃかわいがって面倒《めんどう》見るから。お願い」

お母《かあ》さんも猫《ねこ》が嫌《きら》いではなかった。問題は、お父《とう》さんがどう思うか、だった。

翌日《よくじつ》の夜だった。お父《とう》さんが会社から帰ってくると、お母《かあ》さんはめずらしく、冷蔵庫《れいぞうこ》から冷えたビールを出してきた。食卓《しょくたく》には、おいしそうで豪華《ごうか》な刺身《さしみ》が並《なら》んでいる。

「お仕事お疲《つか》れさま」

お母《かあ》さんが言って、お父《とう》さんの前に置いてあるグラスにビールを注いだ。

「お。どうしたの、きょうは」

お父《とう》さんが目を丸くしてよろこんだのは、もちろんのことだ。

「いいから、飲んで。あたしも今夜はいっしょに飲んじゃおうかな」

お父《とう》さんが顔を赤くして、わが家でも猫《ねこ》を飼《か》うことにするか、と言い出したのは、それからまもなくのことだった。

週末の土曜日、家族三人は猫《ねこ》の里親募集《ぼしゅう》を呼《よ》びかけている施設《しせつ》に出かけることにした。

最初は午前中にいく予定だったが、お父《とう》さんが家の中で急に何か探《さが》し物《もの》を始めてしまい、それが見つかるまでにずいぶん時間がかかった。けっきょく昼食をはさんで、三人が家を出たのは、午後二時近くになってからだった。それがよかったのだろう。

施設《しせつ》に着くと、修平《しゅうへい》は以前の夢《ゆめ》に出てきたような猫《ねこ》はいないかと探《さが》した。でも、そこにいるのは生後数か月の子猫《こねこ》ばかりだった。しかも、その顔や姿《すがた》で、夢《ゆめ》に出てきた猫《ねこ》の種類と合致《がっち》するような子は見つからなかった。

きょうはやめにして、日を改めるしかないかなと思い始めたときだった。案内係のお姉《ねえ》さんが腕《うで》に子猫《こねこ》を抱《かか》えて、あいているケージにやってきた。

子猫《こねこ》をケージに入れると、持ってきた写真をかざして、言った。

「この子のお母《かあ》さんよ。大きくなると、この写真みたいになるわ」

子猫《こねこ》は修平《しゅうへい》の顔をなぜかしきりにじっと見て、かわいい声で鳴いている。視線《しせん》を写真のほうに移《うつ》したとたん、修平《しゅうへい》はさけんだ。

「この子だ！」

写真の猫《ねこ》は、だいぶ前に同じ夢《ゆめ》で何度も見ていた一匹《ぴき》にそっくりだった。修平《しゅうへい》は、運命の再会《さいかい》を味わった気持ちになった。

子猫《こねこ》の名前をヘイと名づけたのはお父《とう》さんだった。修平《しゅうへい》の「平」の字からの命名だ。呼《よ》びやすくもあったので、修平《しゅうへい》は気に入った。

家の中ではよちよち歩きで、段差《だんさ》のある場所で足をもつれさせて転んだり、小さな赤い舌《した》を半分出しながら懸命《けんめい》に走ったりする様子が、かわいかった。

季節が二度、めぐった。

猫《ねこ》は人間とちがって、成長が早い。六年生になった修平《しゅうへい》はいつも、学校が休みの日と、平日でも時間があれば、大きくなったヘイと思い切り遊んでやるのが楽しみだった。

五月の連休が始まったその日は、朝から快晴《かいせい》だった。修平《しゅうへい》は、お父《とう》さんが作ってくれたキャティオ（猫用《ねこよう》の中庭）でしばらくうたたねをしていたヘイを抱《だ》き上《あ》げると、自転車の前かごに乗せた。少し遠くまでいってみよう。そんな気持ちになった。

住宅地《じゅうたくち》を抜《ぬ》けて、初めての道をどこまでも自転車を走らせていく修平《しゅうへい》の顔を、ヘイはかごの中から見上げて、にゃあ、にゃあ、としきりに鳴いた。

そのうち、ヘイのほうがかごからとび出して、先に立って歩き始めた。どこかに目的地があるような歩き方だ。

しばらくたってヘイが足を止めた場所は、小高い丘《おか》の上に建つ、見るからに真新しいマンション近くの広場だった。雑草《ざっそう》があちらこちらに生えている。

「おりこうそうな顔をしている猫《ねこ》ちゃんだね」

どこかから、野球帽《やきゅうぼう》をかぶったおじさんが近づいてきて、修平《しゅうへい》に言った。

「この近くに住んでいるのかな？」

ヘイが甘《あま》えたような声を出して、そのおじさんを歓待《かんたい》しているのがわかった。

修平《しゅうへい》は肩《かた》をすくめて答えた。

「日暮坂《ひぐれざか》町からきました」

「ほほう。ずいぶん向こうからきたんだね。このへんにだれか知り合いでもいるのかな」

「いいえ。きょうは天気がいいから、ついたくさん自転車を走らせちゃって」

おじさんはうなずいて笑って、ヘイの前にしゃがみ込《こ》むと、のどをなでた。ヘイは少しも逆《さか》らうことなく、初対面の相手にはめずらしく、甘《あま》えるような声を出してすり寄《よ》った。

おじさんは目を細めて、続けた。

「二十年くらい前まで、同じような種類の猫《ねこ》をおやじが飼《か》っていたよ」

たしかにその空き地は、かつて家一軒《けん》が建っていたくらいの広さがあった。

「十四歳《さい》まで生きたけど、おやじが死んだ年に、後を追うようにして死んじまった。すずらん、っていう名前だったな。この子はまるで、その生まれ変わりだな」

「すずらん……ですか」

修平《しゅうへい》がくり返した猫《ねこ》の名前が、かつて「すずら……」と覚えていた言葉に重なった。

ヘイは自分の名前が呼《よ》ばれたみたいにとび上がって一声鳴くと、修平《しゅうへい》に身をこすりつけてきた。のぞき込《こ》んだ顔を、□□□□でなめまくり始めた。

A【本末転倒《ほんまつてんとう》】　B【無我夢中《むがむちゅう》】

正解・B

【 無我夢中 】

むがむちゅう

心を奪《うば》われ、無意識《むいしき》にひたすら行動する。

〈類義語《るいぎご》〉

▼**一所懸命**（いっしょけんめい）

命をかけるほど真剣《しんけん》に物事に取り組む。所は「生《しょう》」でもよい。

〈関連語〉

▼**東奔西走**（とうほんせいそう）

東や西や、あっちこっちを忙《いそが》しく走りまわる。

参考

A ▼**本末転倒**（ほんまつてんとう）

大切なこととそうではないことを取りちがえる。

〈関連語〉

▼**形勢逆転**（けいせいぎゃくてん）

勢力《せいりょく》などの優劣《ゆうれつ》の状態《じょうたい》が逆《さか》さまになる。

▼**慇懃無礼**（いんぎんぶれい）

言葉や態度《たいど》などがていねいすぎて、かえって礼を欠く。

【例文】

●首輪が外れて逃《に》げていった犬を、無我夢中《むがむちゅう》で追いかけた。

●何事も一所懸命《いっしょけんめい》に努力してがんばれば、きっと報《むく》われる。

●家出したまま帰ってこない猫《ねこ》を探《さが》して、東奔西走《とうほんせいそう》する。

●少しも勉強しないでゲームばかりしている受験生は、本末転倒《ほんまつてんとう》だ。

●白組は後半になって勢《いきお》いをつけて、形勢逆転《けいせいぎゃくてん》に持《も》ち込《こ》んだ。

●塾長《じゅくちょう》の慇懃無礼《いんぎんぶれい》な態度《たいど》に、親たちはみんな腹《はら》を立てている。

融《ゆう》合《ごう》

「ママ。日本にいってみたいな、ぼく」

ある日、突然《とつぜん》だった。アメリカのロサンゼルスという大きな街に住む少年、ケリー・ドリスコールは、どうしても日本にいきたくてたまらなくなった。それも東京に。

「あら。すてきな提案《ていあん》ね、ケリー。でも、どうして日本にいきたいって思うの？」

小学校の五年間を修了《しゅうりょう》したケリーは、日本なら六年生になるところを、アメリカのこの街では中学一年生になっていた。まもなく始まる夏休みを前に、いきなり日本の東京にいきたくなったのには、たしかな理由が見つからなかった。自分でも不思議だった。

「よくわからないんだ。ただ、ぼくっていつも、へんな夢《ゆめ》を見るじゃない」

お母《かあ》さんはうなずいて笑いながら、

「二つが一つになる夢《ゆめ》ね。この前見たのは、チョコ味のドーナツとイチゴ味のドーナツがあって、それがいきなり一つのチョコイチゴドーナツになっちゃったんだっけ？」

「そう。その前の夢《ゆめ》だと、猫《ねこ》（キャット）と犬（ドッグ）が出てきて、あっというまに猫《ねこ》だか犬だかわからない猫犬《ねこいぬ》（キャッグ）になっちゃった。かわいい顔していたけどね」

「おかしな夢《ゆめ》。それがどうしたの？」

「日本の、それも東京にいけば、ぼくがどうしていつもそんな夢《ゆめ》を見るのか、ヒントが待っているような気がしてきたんだ」

お父《とう》さんが大きな会社の重役をしていて、裕福《ゆうふく》な家庭のひとりっ子として育ってきたケリーは、やさしい性格《せいかく》で、みんなに好かれていた。バスケットボールが得意《とくい》で、学校の成《せい》績《せき》もよかった。

「それじゃ、あなたの十二歳《さい》の誕生日《たんじょうび》祝いとして、今度の家族旅行は日本っていうことにしましょうか。パパに相談してみるわ」

「ありがとう、ママ」

「どういたしまして、ケリー」

こうしてケリーは、お父《とう》さんの夏休みに合わせて、誕生日《たんじょうび》祝いの家族旅行をプレゼントしてもらった。

五月下旬《げじゅん》から一週間の予定で日本の東京にやってきたケリーは、都心にある大きなホテルの一室に泊《と》まった最初の夜にこんな夢《ゆめ》を見た。いつもよく見る、二つのものが一つになる夢《ゆめ》とはちがって、ずいぶん筋《すじ》のはっきりとした、リアルで恐《おそ》ろしい夢《ゆめ》だった。

遠くの空が赤くそまっている。あの辺りが火事になっているのは、翼《つばさ》から黒い煙《けむり》を吹《ふ》き出《だ》しながらとんできた爆撃機《ばくげきき》がさっき落とした爆弾《ばくだん》のせいだ。その爆撃機《ばくげきき》から脱出《だっしゅつ》したばかりの飛行士《ひこうし》の白いパラシュートがひらく。神社の向こうめがけて落ちていく。爆撃機《ばくげきき》はまもなく、恐《おそ》ろしい閃光《せんこう》と轟音《ごうおん》をともなって空中爆発《ばくはつ》する。機体がばらばらになって、八方にとび散っていく。

宵闇《よいやみ》に包まれたいま、ケリーはケリーではない日本の少年になっている。名前はわからない。落下するパラシュートを追いかけて、神社近くを通る広い並木道《なみきみち》を走っていく。

一本の木の枝《えだ》に、白いパラシュートが引っかかっている。飛行服姿《すがた》の外国人兵士《へいし》がひとり、木の根元の地べたに倒《たお》れている。この時間帯、辺りにはだれもいない。

立派《りっぱ》な体格《たいかく》をした兵士《へいし》だが、大けがをしている。近づいていってよく見ると、額《ひたい》や腕《うで》から血を流している。自力で立つことができない。木の幹《みき》に背中《せなか》を預《あず》けたまま、がっくりとうなだれていた首が、のろのろと上がる。

目と目が合う。恐《おそ》ろしいけれど、兵士《へいし》の姿《すがた》は痛《いた》ましい。どうすればいいのか。この兵士《へいし》は日本人の敵《てき》だ。見つけた者は軍か警察《けいさつ》に届《とど》けなければいけない。でも、そうすれば彼《かれ》はきっと、殺《ころ》されるだろう。

流血でそまった顔を力なく仰向《あおむ》けた兵士《へいし》は、手をくちびるに持っていく。外国語を発するが、よく理解《りかい》できない。水が飲みたい、と言っているみたいだ。

神社のほうから、人々《ひとびと》のざわめきがきこえてくる。だれかが軍か警察《けいさつ》に知らせたのだろう。兵士《へいし》の顔にたちまち恐怖《きょうふ》が広がる。

なぜ、そんな行動に出たのか、自分でもよくわからない。憎《にく》むべき敵軍《てきぐん》の兵士《へいし》なのに、流血とけがに耐《た》えて苦しんでいる。その顔をじっと見るにつれて、知らない国の知らない人でしかなく、憎《にく》しみなどは初めからなかったことに気がつく。助けてあげたい。よろよろと立ち上がる兵士《へいし》に肩《かた》を貸《か》して、その大柄《おおがら》な体に押《お》しつぶされそうになりながらも、必死になって並木道《なみきみち》を進む。すぐ近くに、戦争が始まる前、仲間たちと遊んだ隠《かく》れ場所《ばしょ》がある。地面に穴《あな》を掘《ほ》って、天井《てんじょう》を地べたのように見せかけている。

そこに兵士《へいし》の体を横たわらせて、またくるよ、と言い置く。別の道を遠まわりして家に向かう。けがをして動けない兵士《へいし》に、水や薬や食べ物を届《とど》けてやりたいという気持ちが、ふくらんでくる……。そこで目がさめた。

見た夢《ゆめ》を、ケリーは両親に言わなかった。あまりにもリアルすぎて、口にするのも恐《おそ》ろしかった。しかし、東京を皮切りに、京都、奈良、大阪を訪《おとず》れて、再《ふたた》び東京に戻《もど》ってくるまでの旅行中、脳裏《のうり》にはその夢《ゆめ》の記憶《きおく》がいつまでもはりついていた。

あしたは朝早く起きて、成田の空港からアメリカに帰らなければならない。その前日、ケリーたちは都内の大きな観光名所の一つである明治神宮《じんぐう》にやってきていた。大勢《おおぜい》の観光客たちといっしょに、参拝《さんぱい》を終えてからだ。親子三人で、神宮《じんぐう》近くにあるイチョウ並木《なみき》と呼《よ》ばれる、広い車道わきの歩道を歩いていると、不意に頭の中で声がした。もちろん、母国語の英語だった。

「ここに並《なら》んでいるイチョウの木の下だったね、ぼくたちが出会ったのは。きみは日本の子どもだったのに、大けがをして身動きができなくなっていた敵兵《てきへい》のぼくを助けてくれたんだ。あれから夜がくるたびに、ぼくのところに水や食べ物を運んできてくれたっけ。でも、そんなきみは、やがて別の空襲《くうしゅう》で命を落としてしまった。ぼくもあの場所でずっと動けなくて、まもなく死んでしまい、魂《たましい》だけになってきみの後を追いかけていったんだよ。それで、あっちの世界でぼくときみは一つの魂《たましい》としてとけ合って……」

ケリーは足を止めて、左右を見まわした。声の主はどこにも見つからなかった。

「どうしたの、ケリー？」

お母《かあ》さんがきいたとき、ケリーは不意に、いまの自分がこの世に生まれてきた理由と、なぜ東京にきたかったかを知った。

「ママ。生まれてくる前、前世の話だけど。アメリカと日本は戦争をしていたよね。いまのぼくは、そのころ東京で空襲《くうしゅう》にあって死んだ日本の子どもの魂《たましい》と、その子に命を救《すく》われながらやっぱり死ぬことになったアメリカの航空兵《こうくうへい》の魂《たましい》が、あの世でいっしょになって生まれてきたんだよ」

「何を言っているの？」

「あの世にとんでいった二つの魂《たましい》が、神様のおはからいで一つになったんだ。その魂《たましい》がいま、ぼくの体に宿っているんだよ」

「そんなこと、急に言われても……」

「いいんだ。ぼく、将来《しょうらい》はアメリカと日本、それだけじゃなくて世界の平和のために力をつくす大人《おとな》になるって、いま決めたんだ」

崇高《すうこう》な夢《ゆめ》の実現《じつげん》をめざして□□□□、ケリーのひとみは美しく輝《かがや》いている。

A【心機一転】 B【立身出世】

正解・A

【 心機一転 】

しんきいってん

何かをきっかけにして、気持ちがすっかりよい方向に変わる。

〈関連語〉

▼捲土重来（けんどちょうらい）
敗者が再《ふたた》び勢力《せいりょく》を盛《も》り返《かえ》して攻《せ》めてくる、やり直す。

▼面目一新（めんもくいっしん）
世間の評判《ひょうばん》が一新して、それまでとはちがう高い評価《ひょうか》を得《え》る。目は「ぼく」とも読む。

参考

B 立身出世（りっしんしゅっせ）
世間や社会に認《みと》められて、成功者として名声を得《え》る。

〈関連語〉

▼一世一代（いっせいちだい）
一生に二度とない、生涯《しょうがい》に一度の立派《りっぱ》な。世は「せい」とも読む。

▼出処進退（しゅっしょしんたい）
今後どうするかの身の振《ふ》り方《かた》、処《しょ》し方《かた》。仕事で職《しょく》にとどまるか辞《や》めるかを明白にすること。

【例文】

●失敗は成功のもとだから、心機一転してがんばりなさいよ。

●負けたからといって落《お》ち込《こ》まず、捲土重来《けんどちょうらい》を期すことが肝心《かんじん》だ。

●算数が苦手だった妹は、期末試験で満点を取って面目一新《めんもくいっしん》した。

●人生の目的は、立身出世だけではないと思います。

●彼女《かのじょ》はピアノコンクールで優勝《ゆうしょう》して、一世一代の晴《は》れ姿《すがた》を披露《ひろう》した。

●例の問題で先生は、出処進退《しゅっしょしんたい》に悩《なや》んでいるそうだ。

怪《かい》力《りき》

なぞの集会は、きょう日曜日の午後一時から、日《ひ》暮《ぐれ》坂《ざか》小学校の南どなりにあるウズラ公園で行われる、との情《じょう》報《ほう》がとびかっていた。

「何の集会なの？」

お母《かあ》さんがきいたので、村《むら》井《い》大《や》和《まと》は首をあいまいに振《ふ》って、答える。

「いけばわかるらしい。なぞなんだ」

「なぞって、どんな人たちがくるのよ」

「子どもならだれでもいいんだ。でも、親や保《ほ》護《ご》者《しゃ》、大人《おとな》は同《どう》伴《はん》できないよ。集まっていいのは子ども、小中学生だけなんだって」

「何よそれ。いったいだれからきいたの？」

「それは言えないんだ。だれからきいたとか何から知ったとか、情《じょう》報《ほう》源《げん》を明かすことは禁《きん》じられているんだ」

「禁《きん》じられているって、だれに」

「集会をひらく人かな。それがだれなのか、ぼくは知らない。なぞだからね」

「そんな怪《あや》しげな集会に、あなたをいかせるわけにはいかないわ」

「でも、じいちゃんはいくなとは言わなかったよ。いきたければいくがいいって。日曜日の昼間の公園だから、周囲《しゅうい》の目もあるし、危険《きけん》はないはずだって」

じいちゃんとは、お母《かあ》さんのお父《とう》さんだ。先日七十五歳《さい》になったばかりで、家族といっしょに住んでいる。昔は重量挙げの選手で、オリンピック候補《こうほ》になったことも何度かあったそうだ。いまも毎日筋《きん》トレを欠かさず、重たいものを持ち上げるのが大好きだ。

「おじいちゃんがいいって言ってもねえ。だったら、お母《かあ》さんがいっしょにいって、公園の外で見張《みは》っていてもいいのかしら」

「そんなやつもいるかもね。でも、ぼくは玲音《れおん》と二人《ふたり》でいくことにしているから」

「ふーん。じゃあ、情報源《じょうほうげん》は玲音《れおん》くんね」

川嶋玲音《かわしまれおん》は、大和《やまと》のクラスメイトで、なかよしの幼《おさな》なじみでもある。

「さあ、どうかな。玲音《れおん》がだれからきいたかはなぞだから」

そんな会話を交《か》わしているうちに、午後一時が近づいてきた。

「じゃあ、そろそろいくけど、お母《かあ》さんはついてこないでね。かっこ悪いから」

「はいはい。終わったら、なるべく早く帰ってくるのよ。玲音《れおん》くんを連れてきたら、冷蔵《れいぞう》庫《こ》にあるアップルパイをごちそうしてあげたら？」


大和《やまと》の家と玲音《れおん》の家のちょうど真ん中へんにある十字路で、二人《ふたり》は落ち合った。

そこからウズラ公園に向かう一本道を並《なら》んで歩いていくと、知っている顔と次々《つぎつぎ》と出会った。クラスメイトの女子三人組、去年中学生になった先輩《せんぱい》男子、今年《ことし》　年生になった弟の手を引く後輩《こうはい》の四年生女子などだ。

ウズラ公園が見えてくると、女子三人組のひとりが奇声《きせい》を発した。

「わあ、大きなテント」

いつのまに張《は》られたのだろう。公園の中央には、サーカスでもやってきたみたいな灰色《はいいろ》の巨大《きょだい》テントが設営《せつえい》されていた。その、一つしかない重厚《じゅうこう》そうなシャッター式扉《とびら》の前に、大勢《おおぜい》の子どもたちが並《なら》んでいる。ざっと五十人はいるかもしれない。

大和《やまと》たちが列に加わると、女子三人組の別のひとりが腕時計《うでどけい》をのぞいて言った。

「もうすぐ一時！」

その声に合わせるように、シャッター式扉《とびら》がすーっと上がってあいた。子どもたちの列が動き始めた。頭上には真昼の太陽が明るく輝《かがや》いているのに、やけに暗くてどうなっているのかよくわからないテントの内部に、ひとり、またひとりと吸《す》い込《こ》まれていく。

「ところでさ、いまさらって思うかもしれないけど、これってどういう集会だっけ？」

列の動きに合わせて歩を進めながら、大和《やまと》は玲音《れおん》にきいた。

「なぞなんだ。いけばわかるって言われているからな」

「だれに言われたんだっけ？」

「それを明かしちゃだめなんだよ」

「そうだったな」

玲音《れおん》の後ろについている女子三人組の、先頭の子が言った。

「わたしもそれを知りたかったんだけど、いけばわかるってきいているから」

さっき奇声《きせい》を発した女子が続けた。

「情報源《じょうほうげん》をだれかにもらしたら、その人はどうなっちゃうの？」

だれも答えられなかった。

大和《やまと》たちの目の前に、巨大《きょだい》テントの出入口が、黒い闇《やみ》を浮《う》かばせるように迫《せま》ってきた。

「近くで見ると、何だか気味が悪いよ。お化け屋敷《やしき》みたい」

「入ればわかるんだろ。さっさと入って、なぞを知ろうぜ」

みんな次々《つぎつぎ》と入っていった。一瞬《いっしゅん》、内部の暗闇《くらやみ》に圧倒《あっとう》されて何も見えなくなったのは、真昼の外がとても明るかったのに比《くら》べて、中があまりにも暗かったからだ。テントの布《ぬの》がよほどぶ厚《あつ》く、光を通さないようにできているのだろう。

まもなく、大和《やまと》たちは巨大《きょだい》テントの丸天井《まるてんじょう》いっぱいに、銀の砂《すな》をまいたような無数の星々《ほしぼし》がまたたいているのを見つけた。

「わあ、きれい。すてき」

目が暗闇《くらやみ》になれてくると、テント内をいっぱいにした子どもたちはだれもが広い床《ゆか》の上に立って、天井《てんじょう》の星々《ほしぼし》の美しさに見とれているのがわかってきた。

「プラネタリウムみたいだな」

大和《やまと》が玲音《れおん》にささやいたときだった。出入口とは逆《ぎゃく》の方向にある暗がりから、AI《エーアイ》（人工知能《ちのう》）がしゃべっているような奇妙《きみょう》な発音の、男の声が流れてきた。

「ヨウコソ、チキュウノコドモタチヨ。シュウカイノ、タネヲアカソウ。コノキョダイテントハ、コレカラ、ウチュウセンニハヤガワリシテ、チキュウヲハナレル」

おもしろつまらない冗談《じょうだん》かと思って数人が笑ったが、大和《やまと》は笑わなかった。さっきまで明るい外部の光を取《と》り込《こ》んでいた出入口の扉《とびら》が、いまはぴたりととざされている。

「キミタチハ、ワガホシノハッテンノタメニ、ゼンインガ、ジッケンザイリョウニナッテモラウ。イマカラ、ワガホシニ、ムカウ。ダレモ、ニゲラレナイ。カクゴセヨ」

みんなの立っている床《ゆか》が、ぶるぶると振動《しんどう》を始めた。奇妙《きみょう》なモーター音が大きくなる。

「やばい、逃《に》げろ！」

だれかがさけんだ。とたんに子どもたちはパニックに襲《おそ》われて大騒《おおさわ》ぎになった。逃《に》げろと言われても、出口がどこにあるかだれにもわからない。そのときだ――。

見えなくなっていた出入口の扉《とびら》が、ぎりぎりと音を立てて上がった。そこから真昼のまぶしい太陽の光が、どっと差《さ》し込《こ》んできた。子どもたちがいっせいに走り出した。

大和《やまと》たちが外に出ると、宇宙船《うちゅうせん》に姿《すがた》を変えた巨大《きょだい》テントの出入口になっている扉《とびら》をたくましい両腕《りょううで》で頭上に押《お》し上《あ》げている男の姿《すがた》があった。

それがだれなのか、大和《やまと》はすぐにわかった。

「おう、大和《やまと》。ここで何をしているのか気になったから、ちょいとのぞいてみようと思ってな。そしたら、みんながどかどかとび出してきよって、びっくりしたぞ」

大和《やまと》は□□□□、「じいちゃん！」とさけんでから「逃《に》げるよ」と続けた。

A【開口一番】　B【大器晩成《たいきばんせい》】

正解・A

【開口一番】

かいこういちばん

口をひらくやいなや。
落語の会では「一番手」「前座《ぜんざ》」を意味する。

〈関連語〉

▼**先手必勝**（せんてひっしょう）
相手より先に攻《せ》めて、出鼻をくじけば必ず勝てる。

▼**率先垂範**（そっせんすいはん）
人の先に立って行動し、模範《もはん》を示《しめ》す。

参考

B▼**大器晩成**（たいきばんせい）
偉大《いだい》な人物、大物は、そうなるまでに時間がかかる。

〈関連語〉

▼**前途洋洋**（ぜんとようよう）
将来《しょうらい》への道が大きくひらけて、希望に満ちている。若《わか》い人の門出《かどで》を祝うときなどによく使う。

▼**将来有望**（しょうらいゆうぼう）
将来《しょうらい》に大いに見込《みこ》みがあり、活躍《かつやく》が期待される。

【例文】

●先生は開口一番、「抜《ぬ》き打《う》ちテストをやりましょう」とおっしゃった。

●どんなゲームでもスポーツでも先手必勝の構《かま》えは大切だ。

●母にほめられた兄は、率先垂範《そっせんすいはん》して家の掃除《そうじ》を始めた。

●父はぼくの成績表《せいせきひょう》を見て「おまえは大器晩成《たいきばんせい》だよ」となぐさめてくれた。

●卒業生のみなさんには全員、前途《ぜんと》洋洋《ようよう》たる明日《あした》が待っています。

●彼女《かのじょ》は歌手としてもピアニストとしても将来有望《しょうらいゆうぼう》だ。

誤《ご》解《かい》

午前中から昼すぎにかけてはよく晴れていたのに、夕方になってから曇《くも》り始めて、ついにはいまにも崩《くず》れてきそうな空模様《そらもよう》になった。

浜島優香《はましまゆうか》は、駅前の文具店までいって、家の中をいくら探《さが》しまわっても見つからない消しゴムを買ってきたかった。あしたの一時間目の国語の授業《じゅぎょう》で行われる漢字の書き取りテストのために、どうしても必要だった。

「だったら傘《かさ》を持っていきなさい。いつ降《ふ》ってきてもおかしくなさそうだから」

お母《かあ》さんが五百円玉を一枚《まい》くれながら、そう言った。

「わかった。でも、降《ふ》り始めないうちにいって帰ってきちゃうよ」

「だめだめ。あわてて走って転んだり、車にはねられたりしたらどうするの」

「そうだね。気をつけていってこなくちゃ」

玄関《げんかん》に置いてある、大人《おとな》用の傘《かさ》を一本手にして、優香《ゆうか》は家を出た。文具店までは、ふつうに歩いて十五分くらいでたどり着く。急ぎ足なら十分ってところだ。

信号のある大きな十字路までやってきて、横断《おうだん》歩道のこちら側で、歩行者用の信号が青になるのを待っていたときだ。それまでどんどん暗くなってきた空から、雨粒《あまつぶ》がぽつん、またぽつんと落ちてきた。それがたちまち滝《たき》のような豪雨《ごうう》に変わった。

「あーあ、降《ふ》ってきちゃったよ」

優香《ゆうか》は傘《かさ》をさした。建物の屋根や壁《かべ》や道路にたたきつける雨音が、同時に巻《ま》き起《お》こる風と相まって、大自然のドラムを打ち鳴らしているみたいだ。走りすぎる車も、盛大《せいだい》な水しぶきを上げて去っていく。

「うへー」

そのとき、優香《ゆうか》の後ろのほうで、そんな情《なさ》けなさそうな声がした。振《ふ》り返《かえ》ると、見るからに貧相《ひんそう》な白髪《しらが》まじりで、哀《あわ》れを通《とお》り越《こ》したみたいにぼろぼろになった服を着たおばあさんが、ずぶぬれになって立っていた。

信号待ちをしている人は、ほかに男の人が二人《ふたり》いるが、どちらも傘《かさ》をさしている。さしていないのは、そのおばあさんだけなのに、なぜか二人《ふたり》ともおばあさんの近くには寄《よ》りたがらないみたいだ。完全に無視《むし》を決《き》め込《こ》んでいるのがわかる。

「ふぁっくしょーん！」

おばあさんが盛大《せいだい》なくしゃみをすると、二人《ふたり》はまた一段《いちだん》と、おばあさんの近くから身を遠ざけた。このままだと、おばあさんは風邪《かぜ》を引いてしまう。将来《しょうらい》は医者になりたいと思っている優香《ゆうか》は、一歩下がっておばあさんの頭上に傘《かさ》をさしかけてやった。

「おお。うれしいねえ、ありがとうさん」

おばあさんは優香《ゆうか》より少し背《せ》が低かったから、優香《ゆうか》の顔とさしかけられた傘《かさ》をいっしょに見上げるようにして、そう言った。

「どういたしまして」

やがて信号が青に変わった。二人《ふたり》の男たちが横断《おうだん》歩道を渡《わた》り始めると、おばあさんは服のポケットから何やら黒い小さなボールみたいなものを二つ取り出すと、去っていく男たちそれぞれの背中《せなか》めがけて投げた。

黒いボールのようなものは、雨の中をまっすぐとんでいって、どちらも相手の背中《せなか》に当たったかと思ったら消えてしまった。

「何ですか？　いまのは」

すべてが目の錯覚《さっかく》だったのかもしれない。強い雨で視界《しかい》がぼやけていたので、よく見えなかった優香《ゆうか》がきいた。

「世間から疫病神《やくびょうがみ》と呼《よ》ばれている、わしからのプレゼントみたいなものじゃよ」

「やくびょうがみ、ですか？」

どこかできいたことのある言葉だった。そうだ、悪い病気を配って歩く妖怪《ようかい》みたいな神様のことだった。思い出したとたん、優香《ゆうか》はうっそー、とさけびたくなった。

おばあさんは歯のない口をあけて笑ってから、しなびたような人差し指を一本、優香《ゆうか》のほうに伸《の》ばして、左右に振《ふ》りながら続けた。

「安心をおし。たったいま、わしに親切にしてくれているおまえさんには、そんな真似《まね》はせんからね」

「そんな真似《まね》って。あの人たちはこれからどうなっちゃうんですか？」

「どちらもまもなく、高い熱を出して、病気になって、寝込《ねこ》んじまうじゃろう」

「そんな。かわいそう」

「仕方がないのさ。この世の中に病気が一つもなくなったら、どうなると思う？」

「どうなるんですか」

「だれもが健康で長生きするとじゃな、それでなくても増《ふ》え続《つづ》けている人口が爆発的《ばくはつてき》に増《ふ》えて、地球はどんどん狭《せま》くなって、食糧《しょくりょう》が不足するようになって、住みづらい星になっていく。それに、病気を治すために働いている医者や看護師《かんごし》や研究者や薬を扱《あつか》う人たちはみんな、仕事をなくしてしまうじゃろう」

「はあ……」

おばあさん、いや、自分では疫病神《やくびょうがみ》と名乗っているこの人の言っていることは、たしかにそのとおりかもしれなかった。でも、優香《ゆうか》は、だからといって健康な人たちを病気にする疫病神《やくびょうがみ》とやらのしていることは、自分たち人間にとってよいことではぜったいにないと思った。だから言ってやった。

「だれもが健康で長生きできる世の中を作るのが、わたしたちの夢《ゆめ》なんです。希望なんです。それで人口がどんどん増《ふ》えても、だれも困《こま》らないような世界にしていけばいいじゃないですか。そのために、わたしたちはたくさん勉強して、この地球をもっともっと住みやすい星にしていけばいいんだと思います」

「ふむふむ……」

おばあさんは少し驚《おどろ》いたみたいな顔になって、優香《ゆうか》の目をのぞき込《こ》んだ。

優香《ゆうか》はうなずいて、健康的な白い歯を見せてから、続けた。

「わたし、大きくなったらお医者さんになるって、もう決めているんです。でも、人が病気になるのは、おばあさんのせいじゃないと思う。疫病神《やくびょうがみ》なんて、この世に本当はいないんだって知っています。だからここでおばあさんのこと、嫌《きら》いになったりしません」

「そう言われるのはうれしいが、わしゃ本当の疫病神《やくびょうがみ》なんだよ。昔からずっと、人間たちみんなに嫌《きら》われてきたんじゃから」

「みんなにどんなに嫌《きら》われても、この世にこうして生きているってことは、すごく幸せなことなんだと思います。おばあさんが本当の疫病神《やくびょうがみ》だったとしてもです。将来《しょうらい》お医者さんになる身としてわたし、おばあさんが雨にぬれて風邪《かぜ》なんか引かないようにって、さっきからずっと心配しているんですよ」

まもなく、駅前の文具店が目の前に近づいてきた。雨も少しずつ、小降《こぶ》りになってきたようだ。優香《ゆうか》がきいた。

「おばあさんは、どこまでいくんですか？」

文具店の店先から視線《しせん》を移《うつ》したら、となりにいたはずのおばあさんはもう、そこにいなかった。いきなり消えてしまった。どこへいったのか、さっぱりわからない。

優香《ゆうか》は文具店に入って傘《かさ》を折りたたんでから、ぼうっとした頭で考えた。あのおばあさん、自分のことを疫病神《やくびょうがみ》だなんて、□□□□な話をしちゃいけないなあ。

A【論旨明快《ろんしめいかい》】　B【荒唐無稽《こうとうむけい》】

正解・B

【荒唐無稽】

こうとうむけい

何の根拠《こんきょ》もなくとりとめのない、でたらめな。

〈関連語〉

▼大言壮語（たいげんそうご）
できそうにもない大きなことを、いかにもできるように言う。威勢《いせい》のいいことを言うこと。

▼言語道断（ごんごどうだん）
言葉では表現《ひょうげん》できないほどひどい、とんでもない。

参考

A▼論旨明快（ろんしめいかい）
文章や議論《ぎろん》などの筋《すじ》が通っていて、わかりやすい。

〈関連語〉

▼簡単明瞭（かんたんめいりょう）
物事や表現《ひょうげん》がやさしく、はっきりしてわかりやすい。

▼深謀遠慮（しんぼうえんりょ）
深く考え、将来《しょうらい》も見すえた計画を立てること。遠慮《えんりょ》とは、遠いところまでよく考えること。

【例文】

●きみの書いた小説は荒唐無稽《こうとうむけい》だけれど、おもしろかった。

●弟は次のテストで全科目満点をねらう、と大言壮語《たいげんそうご》した。

●わが子に首輪とリードをつけるなんて、言語道断《ごんごどうだん》です。

●先生の説明は論旨明快《ろんしめいかい》だから、だれもが納得《なっとく》できる。

●リンゴが木から落ちるのは重力のせい、という簡単明瞭《かんたんめいりょう》な事実。

●お小遣《こづか》いの値上《ねあ》げ交渉《こうしょう》には、深謀《しんぼう》遠慮《えんりょ》をめぐらした。

合図

夏休みが始まったばかりの、ある日の夕刻《ゆうこく》だった。上の名前を忘《わす》れてしまったが、「びっくりさせてやろうよ」という蓮《れん》の提案《ていあん》を受け入れた梅田秋良《うめだあきら》は、町内にあるサッカークラブのグラウンドに立っていた。びっくりさせてやる相手は秋良《あきら》の幼《おさな》なじみで、六年生になる直前までクラブでいっしょにプレーしていた板橋航《いたばしこう》だ。

航《こう》は新学期が始まってまもなく、クラブに出てこなくなった。来年初めには市内にある私立《しりつ》中学校を受験することになって、五年生の春休みが終わったころから、駅前の進学塾《しんがくじゅく》に通い始めていた。

「あいつがいないとしまらないなあ」

クラブの練習が終わったとき、秋良《あきら》は運動用具を倉庫に戻《もど》すため、この日からクラブにやってきた新人の蓮《れん》といっしょにキャリーカートを押《お》しながら、そうもらした。

「あいつって？」

蓮《れん》がまんまるの目をとろんとさせてそうきいたので、秋良《あきら》は少しいらっとした。だいたいこいつは、サッカーが大好きだというだけで、試合のルールなんてぜんぜん知りもしなかった。それが、きょうの練習ではバレバレだった。

「決まってるだろ。五年生のときまでチームの得点王《とくてんおう》だった航《こう》だよ」

「ああ。航《こう》くんなら知ってるよ。よく二人《ふたり》でボールのけり合いをしたもんだ」

それをきいて、秋良《あきら》は耳を疑《うたが》った。

「うそ。おまえって航《こう》の友だちだったのか。そんなこと、練習前の自己紹介《じこしょうかい》のときには少しも言わなかったじゃないか」

「だれもきかなかっただけだよ」

「あのねー、蓮《れん》くん、だっけ」

「そうだよ」

「どこかできいたような名前だな。ま、いいか。きみっていつから航《こう》を知っているの？」

「あの子が小学校にいくようになったくらいのころからだったかな」

どことなくいい加減《かげん》な返答だが、練習中もとんだりはねたり走りまわったりして、ボールを追いかけるのだけに夢中《むちゅう》になっていたこいつだから、あまりくわしいことをきいても満足できるような答えは返ってこないかもしれないと、秋良《あきら》は思った。

「おれたちとは、学校がちがうんだっけ。どこの学校だよ？」

蓮《れん》は肩《かた》をすくませた。

「本当のことを言うと、ぼくは家庭の事情《じじょう》で学校にいってないんだ。でも、あまり問いつめないでくれるとうれしいな」

そう言われると、秋良《あきら》はどうにも言葉が続かなくなった。いっしょにボールのけり合いをしてきた仲だというのだから、住まいはきっと航《こう》の家の近くなのだろう。

そのときだった。二人《ふたり》が向かっている倉庫の向こうに見える、グラウンドと道路を仕切っている金網《かなあみ》の柵《さく》の辺りに、秋良《あきら》の見知った人影《ひとかげ》があらわれた。航《こう》だった。

「いまごろあいつ、何しにきたんだ？」

秋良《あきら》の視線《しせん》に合わせて、蓮《れん》が鼻を鳴らしながら声を並《なら》べた。

「うわさをすれば、きちゃったね」

「おう。どうやら、おれたちを探《さが》してるみたいだな。このまま、いってみようか」

「あ、いや。ちょっと待って」

蓮《れん》はそう言うと、とっさにキャリーカートの陰《かげ》に身を隠《かく》しながら、秋良《あきら》に提案《ていあん》した。

「びっくりさせてやろうよ。いますぐぼく、この中に隠《かく》れるから、きみはひとりであの子の前まで押《お》していってくれる？」

「いいけどさ。どうするつもりだ？」

「いきなり顔を出して、バア」

「つまんねえこと考えたな。まあ、いいけどさ」

秋良《あきら》が半分あきれながらうけおったので、蓮《れん》はとっさにキャリーカートの荷の下にもぐり込《こ》んだ。練習が終わった後の、ボールやタオルや応援旗《おうえんき》などが満載《まんさい》になっている。

「よし、いくぞ」

「うん、よろしくね。そうだ。タイミングをはかって、大きな声でジャンプってさけんでよ。それを合図にとび出すから」

「ジャンプかよ。わかったよ、はいはい」

秋良《あきら》は航《こう》が立っている金網《かなあみ》の柵《さく》めざして、キャリーカートを押《お》し始めた。倉庫の横を通って、姿《すがた》がよく見えるところまで近づいていくと、秋良《あきら》に気がついた航《こう》が手を振《ふ》った。秋《あき》良《ら》も手を振《ふ》り返《かえ》してから、言った。

「塾《じゅく》にいく時間じゃないのか？　それともサッカーが恋《こい》しくなったか」

「サッカーはいつでも恋《こい》しいよ。でも、きょうはちがうんだ」

航《こう》の目は、グラウンドのあちらこちらに向けられている。

「だれか探《さが》しているのか。いまここにいるのは、最後の片《かた》づけ役のおれひとりだけど」

「そうか。お疲《つか》れさま」

そう答えながら、航《こう》はどことなくくたびれているような、がっかりしているような顔をしている。秋良《あきら》は少し心配になった。

「大丈夫《だいじょうぶ》か。勉強のしすぎじゃないのか」

「勉強は、きょうは朝からぜんぜんしていないよ。それどころじゃなくて。うちの犬が家出したんだ」

「犬って。そういえばおまえんち、犬を飼《か》っていたよな」

「うん。ばかな犬だけど、一匹《ぴき》」

どこかでだれかがうなるような声がした。秋良《あきら》は気がついた。うなったのはいま、キャリーカートに積んでいるサッカー用具の底に身をひそめている蓮《れん》のやつだったかもしれない。ずいぶん窮屈《きゅうくつ》なかっこうをしているはずだ。まあ、いいか。

「いつ家出したんだ？」

「きのうの夜は犬小屋にいたんだけど、けさ起きたらいなかったんだ」

「それでずっと探《さが》しているのか」

「うん。朝からずっと。ここのグラウンドにはよく散歩で連れてきているから、もしかしたらと思って、きょうはここにきたのがもう三回目だよ」

「影《かげ》も形もないのかよ？」

「さっぱり。もしかしたらどこかで保護《ほご》されているかもしれないと思って、いろいろ調べてみたけど成果なし。だれかに拾われているのかな」

「柴犬《しばいぬ》だったっけ、心配だな」

「このごろ勉強が忙《いそが》しくて、ぜんぜん遊んでやれなかったんだ。へそ曲げたのかも」

そう言いながら航《こう》は、秋良《あきら》が押《お》してきたキャリーカートをのぞき込《こ》んだ。

「ずいぶん道具が多いな」

底に蓮《れん》が隠《かく》れているために、全体がふくらんでいるだけだ。すると秋良《あきら》は、さっき蓮《れん》と約束した合図の文句《もんく》を思い出した。そろそろタイミングだな。

「えーと。ジャンプ！」

キャリーカートがゆれた。秋良《あきら》と航《こう》は同時に口をあんぐりとあけた。わん、という一声とともに□□□□、とび出してきたのは一頭の柴犬《しばいぬ》で、名前はレンだった。

A【平平凡凡《へいへいぼんぼん》】 B【奇想天外《きそうてんがい》】

正解・B

【 奇想天外 】

きそうてんがい

ふつうでは思いもよらない奇抜《きばつ》なさま。

〈類義語《るいぎご》〉

▼**斬新奇抜**（ざんしんきばつ）

思いつきが独自《どくじ》で、かつて類がないほど新しい。

〈関連語〉

▼**大胆不敵**（だいたんふてき）

度胸《どきょう》があって何事にも動じない。

参考

A▼**平平凡凡**（へいへいぼんぼん）

これといって他と異《こと》なる点や変わったところがなく、ごくふつう。

〈関連語〉

▼**人畜無害**（じんちくむがい）

人や家畜《かちく》などに何の害も悪影響《あくえいきょう》も与《あた》える恐《おそ》れがない。

▼**四角四面**（しかくしめん）

考え方や態度《たいど》がきまじめで、おもしろみに欠ける。

【例文】

●テレビドラマは奇想天外《きそうてんがい》の結末を迎《むか》えて、視聴者《しちょうしゃ》を驚《おどろ》かせた。

●これほど斬新奇抜《ざんしんきばつ》な手品は、見たことがありません。

●彼女《かのじょ》の大胆不敵《だいたんふてき》なふるまいを、クラスのみんなが絶賛《ぜっさん》した。

●だれだって、平平凡凡《へいへいぼんぼん》（平々《へいへい》凡々《ぼんぼん》）の人生なんて送りたくないだろう。

●あいつは一見ヤバそうな顔をしているが、人畜無害《じんちくむがい》だと保証《ほしょう》しよう。

●人気者になりたいなら、四角四面の性格《せいかく》を変えないとね。

約束

夏休みに両親と三人で出かけた山登りは、池澤香歩《いけざわかほ》に貴重《きちょう》な体験を味わわせてくれた。何しろ、宇宙人《うちゅうじん》の子どもと遭遇《そうぐう》して友だちになれるなんて、だれが予想できただろう。

出会いは、山頂《さんちょう》まであと数百メートルに迫《せま》る登山道の近くで起きた。

来年、進学する中学校の女子サッカー部に入る気でいる香歩《かほ》の足腰《あしこし》は、じつに達者だ。いっしょに登ってきた両親をたちまち後方に追いやって、ひとりで山頂《さんちょう》をめざしているとき、左手の茂《しげ》みの奥《おく》のほうで、何かが動いているような音がした。

香歩《かほ》が立ち止まると、今度は手前に見える小枝《こえだ》がゆらゆらとゆれた。同時に、何やら小さな動物が上げる悲鳴のようなものが混《ま》じっているのもきき取れた。

香歩《かほ》の頭には、カラスかウサギくらいの大きさの小動物が、何かの事故《じこ》で茂《しげ》みの奥《おく》のほうに落ちて、脱出《だっしゅつ》できないまま暴《あば》れている、みたいなシーンが浮《う》かび上《あ》がった。

香歩《かほ》は両手で茂《しげ》みをかきわけた。奥《おく》のほうに、けもの道のようなものが延《の》びている。音と悲鳴はその横にある、もう一つの茂《しげ》みの中からきこえてきていた。

一瞬《いっしゅん》、迷《まよ》ったが、そんな小動物が災難《さいなん》にあって、必死で脱出《だっしゅつ》しようとしているのなら、だれかが助けてやらないといけない。そう思ったとき、香歩《かほ》はもう茂《しげ》みに突入《とつにゅう》していた。

けもの道の上に立った香歩《かほ》は、真横にある茂《しげ》みをのぞき込《こ》んでまばたきをくり返した。いくつもの枝葉《えだは》に細い首と手足をからませているのは、カラスでもウサギでもなかった。

「小さいな。これって、もしかして宇宙人《うちゅうじん》だったりして……」

体長五十センチほどで、赤ちゃんくらいの大きさだ。やせ細った、見るからにか弱そうな全身が灰色《はいいろ》の肌《はだ》におおわれている。手足はぐにゃぐにゃのゴムホースにしか見えない。ビーチボールみたいに大きな頭を持った顔には、小皿くらいの大きさの透《す》きとおった緑の目が二つ、きらきらとした光をたたえている。耳も鼻も口もない。

その子は、といっていいのかどうかわからないけれど、香歩《かほ》の存在《そんざい》に気がつくと、動きをぴたりと止めた。二つの大きな目をしばたたかせた。

その場にしゃがみ込《こ》んで目を合わせた香歩《かほ》は、頭をかいてから、試《ため》しに声をかけた。

「えーと……その。こんにちは」

「こんにちは」

ずいぶん明瞭《めいりょう》な日本語が、まっすぐ返ってきたのには驚《おどろ》いた。それから、待てよと思った。いまの返事だけど、どの口がしゃべったんだろう？

「口はついていないの。ついでに耳も鼻もなしよ。でも、しゃべれるの、あたし」

その声は、香歩《かほ》の頭の中に直接《ちょくせつ》とび込《こ》んできていた。テレパシーというやつだろう。

「でも、何がどうして……」

「あたしの声があなたにきこえるのは、あたしたち二人《ふたり》の心の波長が、ぴったり重なっているからなの」

「ふーん。よくわからないけど」

「さっきまであたしが立てていた、だれかに助けを求める声も、ふつうの地球人にはきこえないみたいだったけれど、あなたにはきこえたのね。それで、あなたの名前は？」

「あ。池澤香歩《いけざわかほ》です」

「香歩《かほ》さんね。あたしはごらんのとおりの、つまり宇宙人《うちゅうじん》なんだけど、名前はエリアっていいます。どうぞよろしく」

「こちらこそどうぞよろしく。エリアさん」

「で、香歩《かほ》さんはあたしのことを助けにきてくれたのね」

「あ。はい。もちろんです」

香歩《かほ》は忘《わす》れていた行動を思い出した。この宇宙人《うちゅうじん》・エリアさんの体はいま、茂《しげ》みの中でどうなっているんだろう？　顔をもう少し茂《しげ》みの奥《おく》に近づけて、状況《じょうきょう》を観察した。

エリアさんが説明した。

「いま、あたしが着ているこの灰色《はいいろ》の、地球の動物だと皮膚《ひふ》みたいなものは、じつを言うと宇宙服《うちゅうふく》なの。背中《せなか》の真ん中に太い枝《えだ》が突《つ》き刺《さ》さって、抜《ぬ》けなくなっているの」

「突《つ》き刺《さ》さっているんですか」

わあ、たいへん。大けがをしていなければいいけれど。香歩《かほ》がそう思ったら、エリアさんは首を横に振《ふ》って、答えた。

「大丈夫《だいじょうぶ》。あたしはけがなんかしないの。ただ、宇宙服《うちゅうふく》を脱《ぬ》ぐと、あたしの体は魂《たましい》そのものだから、だれにも姿《すがた》が見られなくなってしまうの。で、この場所に宇宙服《うちゅうふく》を残したまま宇宙船《うちゅうせん》に帰るってことは、ぜったいにしてはいけないと決められているのよ」

そのとき香歩《かほ》は、エリアさんの背中《せなか》が地面から不自然に曲がりながら、真横に突《つ》き出《で》ている太い一本の枝《えだ》に貫《つらぬ》かれているのを見つけた。背中《せなか》の真後ろを固定されていたのでは、動きが取れないのも当然だろう。

「ちょっとごめん。そのまま、動かないで」

そう言ってから、香歩《かほ》は両腕《りょううで》を伸《の》ばした。エリアさんの体をしっかり抱《だ》き上《あ》げた。

「うんしょ」

ちょっと力を入れただけで、その体を簡単《かんたん》に、枝《えだ》から引《ひ》き抜《ぬ》くことができた。

「ありがとう。自由になったわ」

その場に降《お》ろされたエリアさんは、香歩《かほ》のほうを見上げて、うれしそうに声を重ねた。

「じゃあ、あたし、もう宇宙船《うちゅうせん》に戻《もど》らないといけないから。そうだ。お家に帰ったら、あなたにメール送るね。香歩《かほ》さんのメアド教えてくれる？」

「いいけど。わたしのスマホにメールなんて送れるの？」

「大丈夫《だいじょうぶ》。その気になれば何でもできちゃうのよ。オーケイ」

エリアさんは瞬時《しゅんじ》に、香歩《かほ》のメアドを知ったみたいだった。別れの手をオーバーに振《ふ》って、登山道とは反対にあるけもの道の奥《おく》に向かって、よたよたと歩き出した。

香歩《かほ》もバイバイの手を振《ふ》り返《かえ》しながら、質問《しつもん》の声を投げた。

「エリアさん、宇宙《うちゅう》のどこからきたの？」

「そうね。くわしいことはメールで知らせましょう。無事にわたしの家がある惑星《わくせい》まで帰ったら、ほかにもいろいろな情報《じょうほう》を送ります。それまで待っていてくれる？」

「いいよ、待ってる。ぜったいに送ってね」

「大丈夫《だいじょうぶ》。宇宙人《うちゅうじん》、うそはつきません」

「それじゃ、わたしもエリアさんからメールをもらったら、すぐに返信するからね。楽しみに待っていてね」

固い約束を交《か》わして、香歩《かほ》は歩いて十分ほどの距離《きょり》にある山頂《さんちょう》に向かった。

エリアさんは、茂《しげ》みの向こうに隠《かく》されていた小型《こがた》光速宇宙船《うちゅうせん》に乗《の》り込《こ》んで、地球から約十六光年先にある母星に向かって一気にとんでいった。

一光年とは、一秒間に約三十万キロメートルを進む光がまる一年をかけてたどり着く距《きょ》離《り》だ。つまり、エリアさんの住む惑星《わくせい》には、光の速さでとぶ宇宙船《うちゅうせん》に乗ったとしても、片《かた》道《みち》で十六年はかかる計算になる。メールが届《とど》くまでの時間もそれと同じだ。

人間とちがって平均寿命《へいきんじゅみょう》が五千年近くあるエリアさんにとって、十六年なんてものの数ではないだろう。往復《おうふく》してもたったの三十二年だ。

ということでその日、うれしい体験をおみやげに登山から帰ってきた香歩《かほ》は、奇跡的《きせきてき》な出会いで友だちになった宇宙人《うちゅうじん》のエリアさんからメールが届《とど》く日を、いまかいまかと□□□□の思いで待っている。

A【一日千秋】　B【晴耕雨読《せいこううどく》】

正解・A

【一日千秋】

いちじつせんしゅう

一日をとても長く感じてしまうほど待ち遠しい。
千秋は「三秋」でもいい。

〈関連語〉

▼十年一日（じゅうねんいちじつ）
十年たっても一日しかたっていないと思えるほどに、長く同じ状態《じょうたい》が続いている。

▼日進月歩（にっしんげっぽ）
絶《た》えまなく急速に進歩している。

参考

B 晴耕雨読（せいこううどく）
晴れの日は田を耕《たがや》し雨の日は本を読むように、思いのままにのんびりと暮《く》らす。

〈類義語《るいぎご》〉

▼悠悠自適（ゆうゆうじてき）
世の中に縛《しば》られず、自由にゆったりと暮《く》らす。

〈関連語〉

▼一進一退（いっしんいったい）
情勢《じょうせい》や状態《じょうたい》が進んだり後退《こうたい》したりする。

【例文】

●父は、家族旅行でハワイへいく日を一日千秋の思いで待っている。

●塾《じゅく》の先生は十年一日のように、がんばれ、がんばれとしか言わない。

●医学は日進月歩で発達しているから、そんな病気はこわくない。

●退職《たいしょく》後の校長先生は、晴耕雨読《せいこううどく》の日々《ひび》を送っているそうだ。

●多忙《たぼう》な父は田舎《いなか》で悠悠《ゆうゆう》（悠々《ゆうゆう》）自《じ》適《てき》の毎日を送りたいと言っている。

●彼女《かのじょ》との仲は一進一退《いっしんいったい》で、大きな進展《しんてん》は見られません。

憑《ひょう》依《い》

柴三郎《しばさぶろう》は空を見ていた。

「ここはどこや。おれはいま、なしてこんなところにおるんだろう？」

返事をしてくれる者はなく、空はどこまでも高く、青く、澄《す》み渡《わた》っていた。

「ほんのさっきまで、ずいぶん暗いところにおったんやが。そこでおれは、ゆっくり寝《ね》ておられるかと思ったら、いきなりこんな明るいところに連れてこられて」

強い風が吹《ふ》いて、体が一瞬《いっしゅん》浮《う》き上《あ》がった。目の前に女の子がひとり立っていた。

「わあ。見つけた」

声を上げたのは柴三郎《しばさぶろう》ではなかった。高橋楓《たかはしかえで》だった。

楓《かえで》は迷《まよ》わず、柴三郎《しばさぶろう》の上に屈《かが》み込《こ》んだ。二人《ふたり》の視線《しせん》が最短距離《きょり》でぶつかった。

「これ、どうしようかなあ」

そこは、大きなドラッグストアの駐車場《ちゅうしゃじょう》だった。楓《かえで》はお母《かあ》さんの運転する車で、飼《か》い猫《ねこ》のエサなどを買いにやってきていた。

車を駐車《ちゅうしゃ》スペースに停《と》めたお母《かあ》さんは、楓《かえで》が助手席から車外に降《お》りるのを確認《かくにん》すると、車のドアをロックして売り場のほうに歩き出していた。

後についていこうとした楓《かえで》だったが、そこで足もとのスニーカーに何かがはりついてきたのに気がついた。どこかから風に吹《ふ》かれてとんできたのだった。二〇二四年の七月に発行された新千円札だった。

それまでの千円札の肖像画《しょうぞうが》は、伝染病《でんせんびょう》などの原因《げんいん》となる細菌《さいきん》を研究して医学界に貢献《こうけん》した野口英世《のぐちひでよ》だった。新千円札の肖像画《しょうぞうが》に採用《さいよう》されたのは、ペスト菌《きん》を発見するなどして、伝染病撲滅《でんせんびょうぼくめつ》のために生涯《しょうがい》をささげた北里柴三郎《きたさとしばさぶろう》だった。

野口英世《のぐちひでよ》は北里柴三郎《きたさとしばさぶろう》の弟子《でし》だったから、ずっと活躍《かつやく》していた弟子《でし》が引《ひ》っ込《こ》んで、代わりに師匠《ししょう》がやってきた、という感じの交替《こうたい》だった。

とはいっても、楓《かえで》はそんなにくわしいところまで知らなかった。今度出まわるようになった千円札には、何をしたかはよくわからないけれど、ずいぶん昔のえらい医学者の肖像《しょうぞう》画《が》が選ばれているってことだけを知っていた。

「びっくりしておるのかな」

柴三郎《しばさぶろう》が話しかけると、楓《かえで》はきゃあ、と短くさけんでから、相手の顔をのぞき見るように目を丸くして、きいた。

「おじさん、いま何かしゃべった？」

「しゃべったばい」

「うそ」

「うそじゃなかと。ほら、こうしてちゃんとしゃべっておるじゃろうが」

九州の熊本県の山奥《やまおく》で生まれ育って、大きくなってから東京に出てきた柴三郎《しばさぶろう》だった。よく熊本の方言がとび出してきたが、いま、楓《かえで》の顔を真下から見上げながらしゃべっている言葉は、半分が方言の熊本弁《べん》で、残る半分は標準語《ひょうじゅんご》だった。

楓《かえで》は、まだどこにも折り目がついていない真新しい千円札を両手で伸《の》ばして、じっくりとながめながら、そうか、と思った。

「これって、ユーチューブのびっくりどっきりね。きっとそうだよ」

駐車《ちゅうしゃ》している車の陰《かげ》か中かどこかにビデオカメラを持った人が隠《かく》れていて、楓《かえで》の驚《おどろ》いた様子をそっと撮影《さつえい》しているのかもしれない。

「何かね、それは？」

ユーチューブも、びっくりどっきりも、知らないみたいだ。そんな柴三郎《しばさぶろう》の声を無視《むし》して首を伸《の》ばした楓《かえで》は、あちらこちらを注意深く見まわした。でも、特にこれといって怪《あや》しそうな人影《ひとかげ》や機材を見つけることはできなかった。

柴三郎《しばさぶろう》がまた口を動かした。

「あんたはここで、何をしておるのかな？　おれはいま、どこにおるんやろう？」

ずいぶんまじめな顔をしてそうきくので、楓《かえで》は柴三郎《しばさぶろう》に視線《しせん》を戻《もど》して教えてやった。

「ここはスーパードラッグの駐車場《ちゅうしゃじょう》よ。夏に出たばっかりの新しい千円札が、風に吹《ふ》かれてとんできたの。それをあたしが拾って、どうしようかなって考えていたら、おじさんが急に話しかけてきたんじゃないの」

「スーパー何だと？」

「スーパードラッグはお店の名前よ」

「よくわからんが、おれは千円札になったのか」

「そう。おじさんは新しい千円札の顔になっているの」

「千円札の顔とは、恐《おそ》れ入《い》ったな」

恐《おそ》れ入《い》るのも無理はない。柴《しば》三郎《さぶろう》が亡《な》くなった一九三一（昭和六）年ごろの千円は、いまの時代に換算《かんさん》すると五百万円以上になる。それより昔の明治時代ともなると、軽く二千万円を超《こ》えてしまう。

「よくわかんないけど、あたしはこのお札をどうしようかなって悩《なや》んでいるの」

「そんな紙幣《しへい》があるなんて、にわかには信じられんばってん、それを拾ったっていうんなら、やっぱり警察《けいさつ》に届《とど》けるしかないだろう。相当な高額《こうがく》だからな」

楓《かえで》は、ため息をついた。

「おじさん、まじめな顔しているからきっとそう言うと思った。でも、交番はここから遠いし、せっかく届《とど》けても、落としましたって報告《ほうこく》してくる人なんていないよ」

「うそやろ。千円といったら、それでとんでもないぜいたくができてしまうぞ」

「やだ。千円でとんでもないぜいたくなんてできるわけないでしょ。あたしの大好物のチヨコとケーキとジュースの三点セットが買えるかどうかかね。でも、拾ったお金でそんなものを買ったらバチが当たるかもしれないって思ったの」

「千円で買えるのは、そんなものなのか。ここはいったいどんな世界なんじゃ？」

楓《かえで》はいまが西暦《せいれき》何年で、ここは広い駐車場《ちゅうしゃじょう》で、ユーチューブとかドラッグストアとかがどんなものなのか、千円札の上にも五千円札や一万円札があることなどを、小学六年生の知識《ちしき》を総動員《そうどういん》して説明してみせた。

柴三郎《しばさぶろう》は目を白黒させてきいていたが、自分がこの世界で千円札の肖像画《しょうぞうが》に選ばれていることを知って、まんざらでもない気分になったようだ。

「だったら、こうすればよか。菓子《かし》やジュースしか買えないほどの価値《かち》しかないのが本当だとしても、お金はお金だ。大切なのは、どうしたらあんたはこのお金で、世のためにつくせるかどうかを考えてごらん」

楓《かえで》はどきっとした。世のためにつくすなんて、これまで考えたこともなかった。

「おじさん、ずいぶんすてきなことを言うのね」

「おれは子どものころからずっと、世のためにつくしたいと思っておったよ」

このおじさん、どういう人だったんだろう？　お母《かあ》さんにきいてみよう。

手にしている千円札をポケットにしまいながら、楓《かえで》は歩き出した。それから、このお金の使い道がわかったような気がした。でも、この一枚《まい》を手放すと、せっかく知り合えたおじさんとバイバイしなくちゃならないんだ。それはちょっとさみしいなあ。

歩きながらポケットからお札をもう一度出して、楓《かえで》はおじさんの顔をにらんだ。

「ねえ、おじさん」

柴三郎《しばさぶろう》はただの肖像画《しょうぞうが》に戻《もど》っていた。そのくちびるは□□□□、動きそうもない。

A【青天白日】　B【未来永劫《みらいえいごう》】

正解・B

【 未来永劫 】

みらいえいごう

これから未来にわたって、果てしなく長い歳月《さいげつ》。いつまでも。

〈関連語〉

▼**不老不死**（ふろうふし）
いつまでも年を取らずに、死なない。

▼**一朝一夕**（いっちょういっせき）
ひと朝、ひと晩《ばん》のように、非常《ひじょう》に短いわずかな時間。

参考

A ▼**青天白日**（せいてんはくじつ）
心にやましいところがまったくない。無罪《むざい》、無実が明らかになる。よく晴れわたった日和《ひより》から。

〈関連語〉

▼**無私無欲**（むしむよく）
自分の欲望《よくぼう》や利益《りえき》を求めず、私心《ししん》を持たない。

▼**正正堂堂**（せいせいどうどう）
やり方や態度《たいど》が正しくて立派《りっぱ》な様子。

【例文】

●人類は未来永劫《みらいえいごう》にわたって繁栄《はんえい》を続けるとは限《かぎ》らない。

●秦《しん》の始皇帝《しこうてい》は不老不死の薬を求めたが、かなわぬ夢《ゆめ》に終わった。

●だれでも、悪い習慣《しゅうかん》を一朝一夕《いっちょういっせき》に改めることは難《むずか》しい。

●いたずらをしたという疑《うたが》いがやっと晴れて、青天白日の身になった。

●釈迦《しゃか》は生涯《しょうがい》、無私無欲《むしむよく》の師《し》として教えを説いた。

●どっちが正しいか、こそこそせずに正正堂堂《せいせいどうどう》（正々堂々《せいせいどうどう》）と話し合おう。

幻《げん》影《えい》

昼休みの校庭で、今村飛鳥《いまむらあすか》は不思議な体験をした。クラスメイトの中浦好季《なかうらよしき》と鉄棒《てつぼう》のけ上がりの練習をしていたのだが、飛鳥《あすか》がちょっと目を離《はな》したすきに、好季《よしき》がいなくなっていた。まるで蒸発《じょうはつ》したみたいに。

「好季《よしき》、どこだ？」

け上がりを二回連続でやってみせて、横に立っているはずの好季《よしき》に、どんなもんだい、という顔を見せつけてやろうと思った飛鳥《あすか》は、上半身を鉄棒《てつぼう》の上にさらしたまま、辺りを見まわした。校庭には十数人の子どもたちがいくつかのグループを作っていたが、その中に好季《よしき》の姿《すがた》はなかった。

「好季《よしき》ぃー」

飛鳥《あすか》は少し声を高くして名前を呼《よ》んだ。どこからも返事がなかった。そこで、少し離《はな》れた場所で額《ひたい》を寄《よ》せ合《あ》っておしゃべりをしているクラスの女子三人に声をかけた。

「ねえきみたちさあ、だれか好季《よしき》を見なかった？」

「え？　中浦《なかうら》くんならいま、そこにいっしょにいたような気がしたけど」

女子のひとり、山川亜優《やまかわあゆ》が答えて肩《かた》をすくませた。残る二人《ふたり》は、顔を見合わせた。そのうちのひとりが言った。

「うそ。中浦好季《なかうらよしき》でしょ。どうして？」

もうひとりがつけ加えた。

「中浦《なかうら》くん、きょう学校にきていたっけ」

意味がよくわからなかったので、飛鳥《あすか》は返事ができなかった。

鉄棒《てつぼう》は校庭の、校舎《こうしゃ》からいちばん離《はな》れた場所にあった。その向こうには、裏門《うらもん》から続いている金網《かなあみ》が張《は》ってあった。

金網《かなあみ》はそう簡単《かんたん》に乗《の》り越《こ》えられないし、裏門《うらもん》まで走ったら、いくら俊足《しゅんそく》の好季《よしき》でも十秒以上はかかりそうだ。飛鳥《あすか》が好季《よしき》から目を離《はな》してけ上がりを二回連続で試《ため》したのに要した時間は、ほんの五秒くらいだっただろう。それに、そばで見ていた好季《よしき》がいきなり用事を思い出して、どこかへすっとんでいくような理由は、まるで考えられなかった。

「好季《よしき》ぃー」

飛鳥《あすか》は両手のひらをメガホンにして、さっきよりもっと大きな声で好季《よしき》の名前を呼《よ》ばわった。校庭にいる数人が飛鳥《あすか》のほうを振《ふ》り向《む》いた。好季《よしき》はどこにもいなかった。

「おかしいな。どうなってるんだ」

可能性《かのうせい》は低そうだったが、もしかしたらひとりで教室に戻《もど》っているのかもしれない。そう思うよりほかはなかった。飛鳥《あすか》は鉄棒《てつぼう》を背《せ》にして、校舎《こうしゃ》に向かった。

教室に入った飛鳥《あすか》は、好季《よしき》の姿《すがた》を探《さが》した。いちばん後ろにある本人の席には、だれもすわっていなかった。辺りでうろうろしている者たちの中にも、好季《よしき》はいなかった。

「おかしいなあ」

好季《よしき》の席の横に立ったまま、飛鳥《あすか》は首をひねってうめいた。

「何がおかしいんだよ？」

好季《よしき》の前の席にすわっている大林兵介《おおばやしひょうすけ》が首をまわして、飛鳥《あすか》にきいた。

「好季《よしき》が校庭でいなくなったんだ」

飛鳥《あすか》が言うと、兵介《ひょうすけ》は笑って答えた。

「中浦《なかうら》くんはきょう欠席だよ。校庭になんかいるわけないじゃん」

「いるわけないって……」

そう言われて初めて飛鳥《あすか》は、好季《よしき》がきょうの朝、学校にきていなかったことを思い出した。でも、だったらどうして、昼休みに自分は好季《よしき》といっしょに校庭にいたのだろう。

「そうか。たしかにそうだったな。ははは」

飛鳥《あすか》は笑ってごまかすと、好季《よしき》の席の左どなりで窓《まど》ぎわにある自分の席に戻《もど》ってから、心を落ち着かせて考えた。

好季《よしき》が遅刻《ちこく》してくるのか欠席かのどちらかだとわかったのは、朝の授業《じゅぎょう》前に担任《たんにん》の先生が行《おこな》った出欠の確認《かくにん》だった。教室のいちばん後ろの、窓側《まどがわ》から二番目の席にはだれもすわっていなかった。好季《よしき》はけっきょく欠席扱《あつか》いになった。

そのとき、飛鳥《あすか》はいきなり思い出した。いままでどうして忘《わす》れていたのだろう。

二時間目の国語の授業《じゅぎょう》が始まって二十分くらいたったころだ。左手にある教室の窓《まど》が、すーっと横にひらいた。ありゃ？　と思ったら、あいた窓《まど》から好季《よしき》が顔を出した。飛鳥《あすか》がとっさにその名前を口にしようとしたら、好季《よしき》がくちびるに人差し指をあてて、黙《だま》っていろというふうに、首を横に振《ふ》ってみせた。

先生は黒板に向かって、教科書に出てきた四字熟語《よじじゅくご》の解説《かいせつ》を長々《ながなが》と書きつらねているところだった。好季《よしき》は身をくねらせながら、窓《まど》をくぐり抜《ぬ》けて教室に入ってきた。気がついているのは飛鳥《あすか》ひとりだけだった。

好季《よしき》は教室に降《お》り立《た》つと、飛鳥《あすか》の後ろをまわり込《こ》み、自分の席までたどり着いた。ことりとも音を立てないで、ランドセルを机《つくえ》に引っかけた。ひっそりと着席した。

「何してたんだよ」

飛鳥《あすか》がひそひそ声できくと、ひそひそ声が返ってきた。

「朝起きたら、具合が悪かったんだ」

「病気かよ。もういいのか?」

「さあね。でも、昼休みにおまえと鉄棒《てつぼう》したかったからきちまった」

やがて黒板を背《せ》にこちらを向いた先生は、好季《よしき》がきていることに気がつかないみたいだった。そのまま授業《じゅぎょう》が進んで、終わった。

給食の時間になったが、好季《よしき》は食欲《しょくよく》がないみたいだった。何も食べなかった。昼休みになって、飛鳥《あすか》は好季《よしき》に誘《さそ》われて校庭に出ていった。うん、そうだった。

その好季《よしき》が、いまは学校のどこにもいなかった。だれも何も言わないところが、飛鳥《あすか》にはよくわからなかった。

放課後になって、飛鳥《あすか》が帰り支度《じたく》をしていると、昼休みに鉄棒《てつぼう》の近くでおしゃべりをしていた女子三人のうちのひとり、亜優《あゆ》がやってきて不吉《ふきつ》なことを言った。

「やっぱり話しておくね。昼休みに鉄棒《てつぼう》のところで見た中浦《なかうら》くんだけど、体が透《す》きとおっていたの。あれは中浦《なかうら》くんがゆうれいになって遊びにきていたんじゃないかな。中浦《なかうら》くんの身に、何かよくないことが起きたのかもしれないよ。わたし、不安」

亜優《あゆ》は昔から霊感《れいかん》少女と呼《よ》ばれていた。人に見えないお化けやゆうれいを見る力があるといううわさがあった。飛鳥《あすか》は居《い》ても立ってもいられなくなった。帰りがけに、好季《よしき》の家に寄《よ》ってみることにした。

飛鳥《あすか》が緊張《きんちょう》した指で中浦《なかうら》家の玄関《げんかん》のベルを押《お》すと、出てきたのは好季《よしき》だった。

「何だよおまえ、生きていたのか」

ほっとして発した飛鳥《あすか》の言葉に、好季《よしき》は憎《にく》まれ口《ぐち》をたたきながら答えたものだ。

「生きてちゃ悪いか。きょうは朝から調子が悪くて、居間《いま》のソファでぐったりしていたんだ。ぼうっとしながら、あれこれ空想にふけったな。学校にいって、校舎《こうしゃ》の窓《まど》から教室に入ろうとか、鉄棒《てつぼう》でおまえといっしょにけ上がりの練習をしようとかね」

好季《よしき》が自宅《じたく》のソファで思《おも》い浮《う》かべていた空想と、自分が学校で体験した不思議な現実《げんじつ》はどこでどう重なっているのか、飛鳥《あすか》は□□□□と理解《りかい》することができなかった。

A【是是非非《ぜぜひひ》】 B【理路整然】

正解・B

【 理路整然 】

りろせいぜん

話や議論《ぎろん》に筋《すじ》が通っていて、道理に合っている。

〈関連語〉

▼清廉潔白（せいれんけっぱく）

心や行いが清く正しく、道理に外れることをするような後ろ暗いところがない。

▼心頭滅却（しんとうめっきゃく）

雑念《ざつねん》を排《はい》して物事に集中する。無の境地《きょうち》に入る。

参考

A▼是是非非（ぜぜひひ）

よいことはよい悪いことは悪いと公平な立場から認《みと》める。

〈類義語《るいぎご》〉

▼公明正大（こうめいせいだい）

私心《ししん》をさしはさまず公正にことを行う。

▼厳正中立（げんせいちゅうりつ）

どちらにも味方せず、固く中立の立場を取る。

【例文】

●だれかこの複雑《ふくざつ》な問題を、理路整然と説明していただきたい。

●清廉潔白《せいれんけっぱく》の身だというのなら、胸《むね》を張《は》って堂々《どうどう》としていなさいよ。

●どんなテストにも、心頭滅却《しんとうめっきゃく》してのぞむ態度《たいど》が大切だ。

●リーダーは、一つ一つの物事を是《ぜ》是非非《ぜひひ》（是々非々《ぜぜひひ》）の立場で判断《はんだん》してほしい。

●審判《しんぱん》に求められるのは、えこひいきを捨《す》てた公明正大な態度《たいど》です。

●ケンカの原因《げんいん》が何であったか、厳《げん》正中立《せいちゅうりつ》の立場から調べる。

青空

学校から帰ってきた北山駿《きたやましゅん》は、家でしばらくゲーム三昧《ざんまい》の時間をすごしていたところ、夕飯の支度《したく》を始めたお母《かあ》さんに呼《よ》ばれた。

「駿《しゅん》くん、センバン堂《どう》までいっておしょうゆを一本、買ってきてくれないかなあ」

センバン堂《どう》は正式名称《めいしょう》を千客万来堂《せんきゃくばんらいどう》といって、家から徒歩十分くらいの場所にあるスーパーマーケットだ。お母《かあ》さんはいつも車でいっているけれど、買い物が少ないときには歩いていったほうが何事も早くすむ。

「えええーっ。いま、いちばん熱いところなのに。敵《てき》は海から上がってくるんだよ」

抵抗《ていこう》がむなしいことはわかっていても、駿《しゅん》は一応《いちおう》、こちらの事情《じじょう》を伝えた。中学三年生のお姉《ねえ》ちゃんがそろそろ帰ってくる時間ではあるが、この状況《じょうきょう》では待っていられない。というか、帰ってきても役に立たないだろう。

「ポーズにしておけばいいでしょ。さっさといってきてちょうだい」

「わかったよ」

仕方がない。ついでに欠乏《けつぼう》しているチョコとポテチでも買ってくるか。

お母《かあ》さんから千円札を一枚渡《まいわた》されて、おつりでお菓子《かし》を買ってもいいから、と許可《きょか》を得《え》た駿《しゅん》は、商品を入れる空のポリ袋《ぶくろ》をポケットに詰《つ》め込《こ》んで家を出た。

センバン堂《どう》は、学校とは真逆《まぎゃく》の駅のそばにあった。家の玄関前《げんかんまえ》を通る道を右にいって、二つ目にあたる三丁目の十字路を左折する。後はどんどんまっすぐいって、信号のある丁《てい》字路《じろ》を右折すれば、駅舎《えきしゃ》が見えてくる。そこから道を一本はさんだ左手に建っている、地上三階建てのビルの一階が目的地だ。

九月も末になったとはいえ、うろこ雲が浮《う》かぶ晴れた空は暮《く》れるにはまだ少し早く、心地《ここち》よい風が路上に落ち始めたイチョウの枯《か》れ葉《は》を震《ふる》わせている。

最初の十字路をすぎて二つ目、三丁目の十字路を左に曲がった。そこからの一本道は、歩くにつれて住宅街《じゅうたくがい》っぽい街並《まちな》みが徐々《じょじょ》に商店街らしくなってくる。

「あれっ？」

しばらく歩いてきた道の左手を見て、駿《しゅん》は思わずつぶやいた。その辺りにあるはずのゲーム専門店《せんもんてん》がいきなりなくなっている。代わりにあるのは食堂《しょくどう》のようだ。しかも、どんな料理を出しているのかもよくわからない、ずいぶん異国《いこく》風の店構《みせがま》えが気になる。

その先にいくと、右手にあるはずのケーキ屋がなくなっている。代わりに建っている店は、これまで見たこともない大きな看板《かんばん》を掲《かか》げてはいるものの、どこにも何も書いていない。何を売っているのかわからない。

それだけではない。そこから先に展開《てんかい》する駅前商店街の変化は、駿《しゅん》が知っている風景とまるでちがっていた。

「ここ、どこだ？」

思わず口走りながら、それでも歩を進めた駿《しゅん》は、信号のある丁字路《ていじろ》、いや、交差点までやってきて、駅があるはずの右手を見た。駅がなかった。いや、信号もなかった。

「うそだろー」

残念ながら本当だった。右手に延《の》びる道路はゆるやかな坂道となって下っていた。その先に見えるのは、海だった。強烈《きょうれつ》な潮《しお》の香りが運ばれてきて、駿《しゅん》の鼻をくすぐり肺《はい》を満たした。空を仰《あお》ぐと、海鳥がとんでいる。

駿《しゅん》が海を見るのは、この夏休みに家族四人で日帰りでいった海水浴以来だった。駿《しゅん》の家からだと、いちばん近い場所でも、車で高速道路を一時間半は走らないと着かない。

やばい。しょうゆやチョコやポテチどころではなくなった。駿《しゅん》は向きを変えた。これまで歩いてきた道を、もう迷《まよ》っているけれど、とにかく引き返すことにした。

そこで駿《しゅん》は初めて気がついた。しばらく前からずっと、この街を歩いている人々《ひとびと》の顔や服装《ふくそう》が、日本人とは思えないほどに、何だかよくわからない外国風のものに見えている。

歩けば歩くほど、そこは駿《しゅん》の見たこともきいたこともない、知らない街だった。さっき曲がってきたとはとても思えない十字路まできたので、右折する。知っている住宅街《じゅうたくがい》なんて、どこにもない。それどころか、そこはすっかり未知の世界だった。

落ち着け。こういうときはどうすればいいんだっけ。スマホは？　駿《しゅん》はポケットを探《さぐ》った。そこに入っているのは千円札一枚《まい》と、折りたたんだ空のポリ袋《ぶくろ》だけだった。

よし。だれでもいいから呼《よ》び止《と》めて、ここがどこだかきいてみよう。と、前からだれかが歩いてきた。全身白ずくめで、ずいぶん体格《たいかく》のよさそうな男の人だ。

駿《しゅん》は声をかけようと手を挙げてから、戸惑《とまど》った。その人は戦闘服《せんとうふく》を着た兵士《へいし》だった。腰《こし》に刀剣《とうけん》を差して、両腕《りょううで》には自動小銃《しょうじゅう》のようなものを抱《かか》えているではないか。

「何だ、小僧《こぞう》。見たこともないなりしやがって。どっちの国からやってきたんだ」

兵士《へいし》が両まゆをつり上げて、いかつい声を発して逆《ぎゃく》にきいてきた。

「いえ。あの。ぼくはその……」

そこまで答えたとき、駿《しゅん》は思い当たった。そうだ。この白い戦闘服《せんとうふく》といえば、さっきまでやっていたゲームだよ。ヘブン王国軍団《ぐんだん》の兵士《へいし》じゃないか。ぼくの味方だ。

「ヘブンです」

とっさに答えると、兵士《へいし》は緊張《きんちょう》を解《と》いたみたいにかすかに笑ってみせた。

「なあ、小僧《こぞう》。いまは王国の一大事が起きているんだぞ。子どもがひとりで、こんなところをうろついていちゃいかん」

「はい。じつはぼく、道に迷《まよ》っちゃったみたいなんです。っていうか……」

そのとき、駿《しゅん》が歩いてきた道の向こう側から、大勢《おおぜい》の人間がいっせいに声を上げたみたいなどよめきがきこえた。

「いかん、さっきまでストップしていた市街戦がまた始まったぞ。小僧《こぞう》はどこかに身を隠《かく》せ。やつらに見つかったら命はない」

「やつらって、ヘル軍団《ぐんだん》ですね」

「ほかにどんな相手がいるっていうんだ。やつら海から上がってきやがった。さあ、そこのビルの地下にシェルターがある。走っていくんだ。急げ」

駿《しゅん》の背中《せなか》をビル側に追い立てるように押《お》しやってから、兵士《へいし》は自動小銃《しょうじゅう》を構《かま》えて、どよめきが起きた方向に走っていった。

と、あちらこちらのビルの陰《かげ》から、いずれも白い戦闘服《せんとうふく》を着た、いまの兵士《へいし》とそっくり同じ顔と体格《たいかく》をした兵士《へいし》たちがいっせいにとび出してきたかと思ったら、全員が身を寄《よ》せ合《あ》うようにして、先頭の兵士《へいし》の後を追いかけていった。

さっきお母《かあ》さんに呼《よ》ばれたのは、まさにこの市街戦が始まる直前だった。

駿《しゅん》が思い返して、さあ、これからどうしようと思ったときだった。頭上高く青空のかなたから、だれかの声が落ちてきた。

「ポーズを解《と》いたら、わけわかんない感じになってきちゃった。ニュース見たいから、ゲームの電源《でんげん》切るよ」

お姉《ねえ》ちゃんの声だった。

「え。え？　電源《でんげん》切るとどうなるんだよ」

駿《しゅん》が声を詰《つ》まらせたとき、目の前がいっぺんに暗くなった。と思ったら、辺りはすぐに明るくなった。空には相変わらずのうろこ雲が浮《う》かんでいる。

ようやく夕暮《ゆうぐ》れが迫《せま》り始めた三丁目の十字路の前に、駿《しゅん》は□□□□の経験《けいけん》を終えたばかりのぼうっとした顔をして立っていた。

A【因果応報《いんがおうほう》】　B【前代未聞《ぜんだいみもん》】

正解・B

【 前代未聞《ぜんだいみもん》 】

これまでにきいたことがないような、じつに驚《おどろ》くべきこと。

〈類義語《るいぎご》〉

▼空前絶後（くうぜんぜつご）

過去《かこ》にも未来にも、めったにないと思われるめずらしいこと。

〈関連語〉

▼前人未到（ぜんじんみとう）

いまだかつてだれも成功していない。だれもやったことがない。

参考

A 因果応報（いんがおうほう）

よい行いや悪い行いをすると、いつかそれに応《おう》じた報《むく》いがある。

〈関連語〉

▼栄枯盛衰（えいこせいすい）

人や会社や組織《そしき》などが、栄えたり衰《おとろ》えたりする。

▼盛者必衰（じょうしゃひっすい）

いま栄えて絶頂《ぜっちょう》にいる者も必ず衰《おとろ》えて消えていく。

【例文】

●先生が授業中《じゅぎょうちゅう》にカラオケで歌うなんて、前代未聞《ぜんだいみもん》の出来事だ。

●大相撲《おおずもう》では、新入幕《しんにゅうまく》の力士《りきし》が空前《くうぜん》絶後《ぜつご》の優勝《ゆうしょう》を果たした。

●前人未到《ぜんじんみとう》の大記録に挑《いど》むのは、全スポーツ選手の夢《ゆめ》だろう。

●好きなことをしてもいいが、何をしたって因果応報《いんがおうほう》で返ってくるぞ。

●栄枯盛衰《えいこせいすい》は世の習いで、チャンピオンだっていつかは引退《いんたい》する。

●『平家物語《へいけものがたり》』は権力者《けんりょくしゃ》にも終わりがくる盛者必衰《じょうしゃひっすい》のお話だ。

姉《し》妹《まい》

塾《じゅく》の授業《じゅぎょう》が終わった。中村《なかむら》詠美《えいみ》は勉強道具をかばんに戻《もど》すと、送りに出てきた講師《こうし》の先生と塾長《じゅくちょう》に「さようなら」を言って、エレベーターは使わずにビルの階段《かいだん》をかけ降《お》りた。

塾《じゅく》の玄関前《げんかんまえ》を通る道路には、生徒たちを迎《むか》えにきている自家用車が数台、列になって待機している。

詠美《えいみ》は、わが家の青い軽自動車を探《さが》した。いつもは列の先頭か二番目辺りに停《と》まっているのだけれど。きょうの車列の先頭は白いワゴン車で、二台目は赤い乗用車だ。青い軽自動車が見つからない。

玄関《げんかん》を背《せ》に立ち止まっている詠美《えいみ》の後ろから、塾《じゅく》の仲間たちがひとり、またひとり、ゆらゆらとわきをすり抜《ぬ》けていく。

赤い乗用車が発進した。続いて、たったいまきたばかりの黒い軽自動車の助手席のドアがあいて、男の子が乗《の》り込《こ》んでいく。

お母《かあ》さんは、家を出るのが遅《おく》れたのかな。電話してみようか。

詠美《えいみ》はかばんの中からケータイを取り出した。ワンプッシュで家にかける。呼《よ》び出《だ》し音《おん》が五回鳴って、留守番《るすばん》電話に切《き》り替《か》わった。家にはだれもいないみたいだ。

ということは、お母《かあ》さんは車でこちらに向かっていることになる。十五分くらいの距離《きょり》だ。お母《かあ》さんのスマホに電話してみようかと思ったけれど、いまは運転中だからかけないほうがいいだろう。

塾《じゅく》の玄関前《げんかんまえ》に立ちつくしたまま、詠美《えいみ》はケータイの時刻《じこく》をたしかめる。そのまま、時間がどんどんたった。夜風が冷たい。

目の前の道路からは、送《おく》り迎《むか》えの車が一台もいなくなった。がらんとしたものだ。こうなったらやはり、お母《かあ》さんのスマホに連絡《れんらく》するしかない。詠美《えいみ》が再《ふたた》びケータイを操作《そうさ》しようとしたとき、青い軽自動車が前方の十字路を曲がってきた。

詠美《えいみ》はくちびるをふくらませたまま、車が自分の前までやってきて停《と》まるのを待った。

後部座席《ざせき》のドアをあけて、乗《の》り込《こ》む。すわり心地《ごこち》がいつもと少しちがうような気がしたのは、立ちんぼうを続けていたせいかもしれない。

「遅《おそ》いよ、遅《おそ》すぎ。何していたの？」

詠美《えいみ》は運転席にすわっているお母《かあ》さんの背中《せなか》に、さっそくの文句《もんく》を投げた。

「あら。いつもと同じ時間じゃない。どうしたの、きょうは？」

お母《かあ》さんの返事がすっとぼけている。声もどこか、いつものお母《かあ》さんっぽくない。

「だって……。いつもならとっくにお家に帰って、ごはん食べている時間でしょ」

「やだ。ごはん、もう食べたじゃない」

「うそ。食べてないよ」

驚《おどろ》いた詠美《えいみ》は声を大きくして、お母《かあ》さんの肩《かた》に手をやった。その横顔が、どことなくお母《かあ》さんのようで、お母《かあ》さんではないような気もしてくる。

「ちょっと、こっち向いて」

「はいはい」

お母《かあ》さんが運転席から上半身を左回転させて、詠美《えいみ》とまともに顔を合わせた。

「え？」

詠美《えいみ》が顔を合わせた相手は、お母《かあ》さんによく似《に》ているのだが、どこか別人といった気配がただよっている。車内が暗いので、はっきりと見分けがつかない。どっちだろう。迷《まよ》っていると、相手も詠美《えいみ》の顔を見てびっくりしているようだ。

「あなた……」

やはり、お母《かあ》さんによく似《に》た、それでもたぶん別人だ。詠美《えいみ》を見る目が、お母《かあ》さんの目とどこかちがっている。

「あの。車、まちがえたみたいです」

詠美《えいみ》はそう言って、車から降《お》りようとドアに手をかけた。

「ちょっと待って」

お母《かあ》さんそっくりのおばさんが、詠美《えいみ》を引きとめて、きいた。

「あなたのお名前は？」

名前をきいてどうしようというのだろう。でも、まちがえて車に乗《の》り込《こ》んでいったのは自分のほうだった。きかれたからには、素直《すなお》に答えたほうがいい。

「中村《なかむら》です。中村詠美《なかむらえいみ》」

「なかむらえいみちゃん、なの？」

おばさんは目を見ひらいた。ものすごく驚《おどろ》いているみたいだ。

「どうしてあなたが……」

そこまで言って、おばさんの声がゆるゆるになった。というか、涙声《なみだごえ》になった。泣いているみたいだ。泣いているよ。

「おばさん。どうしたの？」

詠美《えいみ》がきくと、おばさんはあふれる涙《なみだ》を両手でぬぐいながら、言った。

「だって……。詠美《えいみ》ちゃん、こんなに大きくなって。お母《かあ》さんに会いにきてくれたのね」

「え？　どういうことですか」

意味がわからない。車から降《お》りるのも忘《わす》れて、詠美《えいみ》はおばさんの顔を見つめた。わけを知りたくなって、質問《しつもん》した。

「おばさんは、だれ？」

「お母《かあ》さんでしょ。あなたのお母《かあ》さん」

そう言われても、詠美《えいみ》は納得《なっとく》できない。

「どうしてだろう。あたし、お母《かあ》さんの顔、ど忘《わす》れしちゃっている。思い出せない」

詠美《えいみ》は質問《しつもん》を重ねた。

「その。だれを迎《むか》えにきたんですか？」

「娘《むすめ》の麗美《れいみ》。六年生よ。ほら、そこに」

おばさんが指さした塾《じゅく》の玄関前《げんかんまえ》に、詠美《えいみ》によく似《に》た顔をした女の子が立っていた。塾《じゅく》では見たことのない子だ。

その麗美《れいみ》が、車に近づいてきて、後部ドアを引きあけた。

「あ」

目の前でドアがあいたとたんだった。詠美《えいみ》の視線《しせん》がくるっと回転した。と思ったら、これから車に乗《の》り込《こ》もうとしている麗美《れいみ》の視《し》線《せん》に移《うつ》り変《か》わって、重なった。

詠美《えいみ》はもう、どこにもいない。

「何、びっくりした顔しているの？」

麗美《れいみ》の声に、運転席から半身を曲げてこちらを見ているお母《かあ》さんがつぶやく。

「詠美《えいみ》ちゃん……じゃなくて、麗美《れいみ》ね」

「やだ。お姉《ねえ》ちゃんの名前とまちがえたな」

「ごめんなさい、麗美《れいみ》」

「いいよいいよ。お母《かあ》さん、お姉《ねえ》ちゃんのことを考えていたんだ。天国にいっちゃったのは三歳《さい》のときだったんだっけ。詠美《えいみ》お姉《ねえ》ちゃんのこと、もっといろいろ教えてよ」

「そうね……あのね」

ハンドブレーキをゆるめて、車を静かにスタートさせたお母《かあ》さんは、たったいま起きたばかりの□□□□を振《ふ》り返《かえ》る。

A【合縁奇縁《あいえんきえん》】　B【門外不出】

正解・A

【 合縁奇縁 】

あいえんきえん

不思議な縁《えん》によるめぐり合わせ。
夫婦《ふうふ》など男女の間柄《あいだがら》についていうこともある。

〈関連語〉

▼一期一会（いちごいちえ）
一生に一度限《かぎ》りの出会い、機会。人だけではなく物にも使える。

▼離合集散（りごうしゅうさん）
人や物が、離《はな》れたり集まったりする。離合《りごう》と集散という、どちらも似《に》たような意味の単語の重なり。

参考

B▼門外不出（もんがいふしゅつ）
持ち出しや貸《か》し出《だ》しを許《ゆる》さないような、非常《ひじょう》に大切で貴重《きちょう》なこと。

〈関連語〉

▼他言無用（たごんむよう）
秘密《ひみつ》として、外部ではだれにも話してはいけない。

▼自縄自縛（じじょうじばく）
自分の言動で、自分自身の動きが取れなくなる。

【例文】

●彼《かれ》とは合縁奇縁《あいえんきえん》で、一年生のときからずっと同じクラスなのよ。

●旅先で入ったレストランのお姉《ねえ》さんは、一期一会《いちごいちえ》でも心惹《ひ》かれる人だった。

●東京という大都会は特に、離合集散《りごうしゅうさん》が激《はげ》しい街です。

●門外不出とされていた宇宙人《うちゅうじん》のミイラは、ニセモノだったらしい。

●これは仲間内だけの話なので、他言無用としておいてください。

●できもしないことをできると主張《しゅちょう》していると、自縄自縛《じじょうじばく》に陥《おちい》るだろう。

地《じ》獄《ごく》

暗いトンネルの向こうから少年がひとり、とぼとぼと歩いてくる。それがだれなのか、光の天使はもちろんよく知っている。手もとに記録ボードがあるのだから。

少年はトンネルの出口の前までくると、そこで迎《むか》えに出た相手の姿《すがた》を認《みと》めて、少し驚《おどろ》いたみたいに足を止めた。

「さあ、こっちへおいで」

光の天使は、その姿《すがた》に似《に》つかわしく、歌うようにやさしく柔《やわ》らかな声で言った。

「……わかりました」

少しほっとしたのかもしれない。素直《すなお》に声を返した少年は小学五年生で、先月十一歳《さい》になったばかりだ。光の天使が、手もとの記録ボードに目を落としながらたしかめる。

「森田陽《もりたよう》くんだね。あちらの世界からこちらの世界への旅、お疲《つか》れさまでした」

ここでいう「あちらの世界」はこの世で、「こちらの世界」はあの世になる。陽《よう》は少し前にこの世におさらばして、たったいま、あの世の玄関《げんかん》みたいなこの場所にやってきたところだ。

「ここがどこだか、わかるかな？」

その質問《しつもん》に、陽《よう》はほのかに光り始めた魂《たましい》の顔を斜《なな》めにかしげて、答える。

「天国？　それとも……」

あんな死に方をしたのだから、ここが天国なわけはない。だったら地獄《じごく》かな。

「ここはまだ天国じゃないよ。といって地獄《じごく》でもない。ならば、どこだろうね」

陽《よう》はただ、ガラスのように透《す》きとおった首をかしげる。

「天国と地獄《じごく》、両方に向けての入口がある場所さ。これからきみはそのどちらにいくことになるか、ここで審査《しんさ》されるんだ」

「審査《しんさ》って？」

「生前、あちらの世界でさまざまな行いを成した後、死んで魂《たましい》だけになってこちらの世界へやってきた者は、まずここで、自分のすごしてきた人生を振《ふ》り返《かえ》ってもらう」

そのとたんだった。陽《よう》が生まれてからさっき死ぬまでにたどってきた約十一年間の人生が、ビデオの早送りのようなスピードで、あっというまに心の中に展開《てんかい》した。

「ずいぶん短い人生だったね。で、陽《よう》くん、きみはどのようにして命を落としたか、自分の口で説明してもらえますか？」

陽《よう》は返答に詰《つ》まった。光の天使が、手もとの記録ボードに目を落としながら続けた。

「じつに恐《おそ》ろしく、哀《かな》しい死に方をしたみたいだね。憶《おぼ》えているかな」

陽《よう》はその日、学校が終わって、幼《おさな》なじみでなかよしの中井信《なかいしん》といっしょに家の近くにある踏切《ふみきり》の前までやってきた。渡《わた》ろうとした踏切《ふみきり》の警報《けいほう》がかんかん鳴り出して、線路の向こうから電車が近づいてくる気配がした。遮断機《しゃだんき》のバーが下り始めたときだった。いきなりとんでもないことを思いついた。

「これ、くぐってあっちに渡《わた》っちゃうぞ」

頭の中を占《し》めていたのは、一秒でも早く家に帰って、一秒でも早くテレビの前に陣取《じんど》って、一秒でも早く、きのうの夕方見つけたばかりの「世界の不思議と怪奇《かいき》」をテーマにしたユーチューブの続きを観《み》たい、という思いだった。

「ばか言うなよ」

下りてきたバーの下をくぐろうと、背《せ》を丸めた陽《よう》のひじに手をあてて、信《しん》が言った。

「電車がくるじゃないか。危《あぶ》ないって」

「だから急げ。いま渡《わた》れば大丈夫《だいじょうぶ》。ほら、信《しん》もいっしょにいこう」

「やだよ。まだ死にたくないもん」

「はは。そんじゃ、おれはここでバイバイするぞ」

信《しん》の返事を待つことなく、陽《よう》はバーをくぐり抜《ぬ》けた。踏切《ふみきり》の内側にとび込《こ》んだ。手前の線路の右手から電車が近づいてくるのが見えた。足には自信がある。向こう側まで一気に走るぞ。線路をとび越《こ》えて、その向こうにあるもう一本の線路もかけ抜《ぬ》けよう。

手前の線路は、電車がくる前に余裕《よゆう》でとび越《こ》えた。そのまま向こうにあるもう一本の線路もとび越《こ》えようと思ったとき、陽《よう》は誤算《ごさん》に気がついた。警報《けいほう》は、手前の線路の右からくる電車だけではなく、向こうの線路の左からくる電車も警戒《けいかい》するために鳴っていた。しまった、と思ったときは遅《おそ》かった。あっというまに反対側から走ってきた電車の先頭車両にはねとばされて、線路わきの地べたにぼろ人形のようにたたきつけられていた。

「不注意だったね」

光の天使が言って、肩《かた》から生えている銀色の羽を震《ふる》わせた。

「きみが起こした、だれがどう考えても自分勝手で無責任《むせきにん》な鉄道事故《じこ》によって、どれくらいの人たちが迷惑《めいわく》をこうむり、大きなショックを受けて、悲哀《ひあい》に沈《しず》んだことだろう」

陽《よう》は返事ができなかった。

「神様からいただいた貴重《きちょう》な命の冒険《ぼうけん》は、これからが本番といってもよかったのに」

光の天使は自分の言葉をかみしめるみたいに、一度うなずいてみせてから、

「したがってきみを、天国に送《おく》り込《こ》むことはできない。わかるね」

蚊《か》が鳴くほどの声すら出せないままに、ただうなずいた陽《よう》は、ということは地獄《じごく》にいくしかないのかと思ったとたん、激《はげ》しい恐怖《きょうふ》に襲《おそ》われた。

「顔色が変わったね」

いまや肉体を捨《す》てた魂《たましい》だけの存在《そんざい》なのだから、顔色と言われても、顔そのものがどこにあるかもわからない陽《よう》だった。しかし、光の天使の言葉は的を射《い》ていた。

「それじゃ、ぼくはこれから……」

「そういうことだ」

判決《はんけつ》を受けてうなだれた陽《よう》の前方に、分かれ道が浮《う》かび上《あ》がってきた。

「右は天国、左は地獄《じごく》だよ。きみがいくのは左の道だからね。さあ、いきなさい」

鉛《なまり》のように重たくなった足を引きずるようにして、陽《よう》は左の道の先にある地獄《じごく》に向かって歩き出すよりほかはなかった。


かんかんかん、かんかんかん……。

踏切《ふみきり》の警報機《けいほうき》が鳴っていた。遮断機《しゃだんき》のバーが、陽《よう》の目の前に下りてきていた。となりには、学校からいっしょに帰ってきた幼《おさな》なじみでなかよしの信《しん》が立っている。

「どうしてなの？」

陽《よう》はわけがわからなかった。たったいままで、この場所に立ったまま夢《ゆめ》を見ていたのだろうか？　あまりにもリアルな夢《ゆめ》を。信《しん》が首をかしげてきき返す。

「何がどうしてだって？」

「おれ、その……この踏切《ふみきり》を無理に渡《わた》って」

「ばか言うなよ。死にたいのか」

「そうじゃなくて。死んだら地獄《じごく》にいくしかないって思っていたら……」

やがて、陽《よう》の行く手をさえぎったバーの内側を、最初は向かって左手の線路から、続いて右手の線路からも、電車が地響《じひび》きを立てて走ってきた。

「地獄《じごく》はあの世じゃなくて、いまみんなが生きているこの世にあったんだ」

陽《よう》が□□□□ながらも口にした言葉は、上下二車線を交差してすれちがう電車の轟音《ごうおん》にかき消されて、信《しん》の耳には届《とど》かない。

A【一知半解《いっちはんかい》】　B【完全無欠】

正解・A

【 一知半解 】

いっちはんかい

一つのことをきいて半分くらいしか理解《りかい》しない、生かじり。

〈関連語〉

▼認識不足（にんしきぶそく）

ある物事に対して正しい判断《はんだん》を下すための知識《ちしき》や理解《りかい》に欠ける。

▼付和雷同（ふわらいどう）

しっかりとした判断《はんだん》がなく、むやみに他人の意見や行いに同調する。

参考 B **完全無欠**（かんぜんむけつ）

どこから見ても欠点や不足がまったくない。

〈関連語〉

▼百発百中（ひゃっぱつひゃくちゅう）

予想したり計画したりしていたことのすべてが的中する。

▼全知全能（ぜんちぜんのう）

すべてを知りつくしていて不可能《ふかのう》は何もない。神や絶対的《ぜったいてき》な能力《のうりょく》に対してよく使われる。

【例文】

●その問題を解決《かいけつ》するには、一知半解《いっちはんかい》のままではいけません。

●運転手の認識不足《にんしきぶそく》は、大きな事故《じこ》につながりやすい。

●強い信念があれば、そう簡単《かんたん》に付和雷同《ふわらいどう》はできないだろう。

●この世には、完全無欠の人間なんているものか。

●塾長《じゅくちょう》のテスト出題予測《よそく》は、百発百中の的中率《てきちゅうりつ》を誇《ほこ》っている。

●宇宙《うちゅう》には、全知全能《ぜんちぜんのう》の神にしか答えられないなぞがある。

仮《か》面《めん》

朝起きたときに少し鼻水が出て、のどもいがいがしたので天沼勝海《あまぬまかつみ》は、念のために体温を測《はか》ってみた。三七度二分あった。平熱は三六度二分前後なので、一度ほど高い。

でも、これくらいのことで学校を休むわけにはいかない。昨夜もメモノートに、その日の反省の一行を書いてから、ベッドにもぐり込《こ》んだばかりだ。そう思っていると、体温計を手にしたお母《かあ》さんが言った。

「悪い風邪《かぜ》がはやっているでしょ。これから熱がもっと上がってくるかもしれないわ。学校はお休みしたほうがいいのかな」

勝海《かつみ》は顔をわずかにゆるませた。いや、ゆがませた。頭をよぎったのは、学校を休んでだれもいない家の中でゲームに夢中になっている自分の姿《すがた》だった。それはいけない。

「ひとりで静かに寝《ね》ていられる？」

そこまで言われると、どう返事してよいのかわからない。学校にいけるよ、と素直《すなお》に答えればいいだけなのに。

「う。まあね」

返事があいまいになってしまった。休もうと決めたのは、自分ではなくてお母《かあ》さんのほうなのだから。そうでしょ？

「だったら、きょうは夕方まであなたひとりになっちゃうけど、だれか訪《たず》ねてきても出ていかなくていいからね」

これで決まってしまった。勝海《かつみ》は一瞬《いっしゅん》にして気持ちを切《き》り替《か》えた。いかにも病人っぽい表情《ひょうじょう》を作って、軽くせきなどもしてみせながら、壁《かべ》の時計《とけい》を見上げる。

夕方六時をすぎると、中学生のお兄《にい》ちゃんの部活が終わる。お母《かあ》さんもパートから帰ってくる。それまでの十時間ほど、勝海《かつみ》は家の中でやりたい放題ってことだ。

しばらくベッドにもぐり込《こ》んで寝《ね》たふりをしているうちに、お母《かあ》さんが家を出ていく時間になった。

「じゃあ、いってきます。お昼ごはんは冷凍《れいとう》チャーハンでもレンジでチンして食べておきなさい。水分もたっぷりとるのよ。起きてゲームなんかしていちゃだめよ」

勝海《かつみ》の真意を見抜《みぬ》いたかのような言葉を残して、お母《かあ》さんはいなくなった。

家の中がしーんとすると、勝海《かつみ》はベッドからとび起きた。パジャマの上にガウンを羽織《はお》って居間《いま》に直行する。大型《おおがた》スクリーンのテレビにゲーム機をセットする。ソファに尻《しり》を落とす。英雄《えいゆう》ガッツが仲間たちを引き連れて、郊外《こうがい》の墓場《はかば》から次々《つぎつぎ》とあらわれるゾンビどもを退治《たいじ》して点数をかせぐサバイバルゲームの戦闘《せんとう》開始だ。

三十分ほど夢中《むちゅう》になってコントローラーを動かしていると、玄関《げんかん》のインターホンのチャイムが鳴った。宅配便《たくはいびん》かもしれない。お母《かあ》さんは、だれかきても出なくていいと言っていた。ここはしっかり居留守《いるす》を決めよう。

勝海《かつみ》はゲームを中断《ちゅうだん》して音を消した。チャイムがまた鳴った。

うるさいなあ。留守《るす》なんだからあきらめてどこかへいってくれよ。ところが、チャイムが三度にわたって鳴ってから、玄関《げんかん》のドアノブをがちゃがちゃとまわす音がした。

「おいおい。どうなってるの」

勝海《かつみ》の家は住宅街《じゅうたくがい》の一角に建っている二階屋で、居間《いま》は一階の南側にある。引きちがいになっている二枚《まい》のガラス戸からは、庭と、その向こうにある石塀《いしべい》が見える。

まさか、どろぼうじゃないだろうな。家にだれもいないのがわかると、ガラス戸を割《わ》って入ってきて、家中荒《あ》らしていくんだ。

不安に襲《おそ》われた勝海《かつみ》は、家中のガラス戸や勝手口や窓《まど》にしっかりかぎがかかっているかどうかたしかめようと、ソファから立ち上がった。まだドアの前に立っているかもしれない怪《あや》しい訪問者《ほうもんしゃ》に気配を察知されないように、家中の一階をそっと歩いた。

すべての場所にしっかりかぎがかかっているのを確認《かくにん》すると、勝海《かつみ》はまた居間《いま》に戻《もど》ってきた。そこで、ガラス戸の向こうの庭に立っている相手とばたり、出くわした。

わあ、と驚《おどろ》くのも無理はない。玄関《げんかん》の柵《さく》を越《こ》えてそこに立っていたそいつは、顔いっぱいに鬼《おに》の仮面《かめん》をつけていた。この前のお祭りの日に、神社にいって買ってきた青鬼《あおおに》の仮面《かめん》にそっくりだ。いまは自分の机《つくえ》の上に、護身用《ごしんよう》として置いてある。

顔がわからないから、驚《おどろ》きはたちまち恐怖《きょうふ》と入《い》れ替《か》わった。どろぼうというよりも、強盗《ごうとう》だろう。そいつはいまにもガラス戸を割《わ》って、家の中に侵入《しんにゅう》してきそうな気配だ。勝海《かつみ》は体の動きを止めて、ガラス戸越《ご》しにそいつと向き合った。どうしよう。心臓《しんぞう》が痛《いた》いくらいに早鐘《はやがね》を打っている。警察《けいさつ》に電話したほうがいいかもしれない。

すると、勝海《かつみ》の思いを見抜《みぬ》いたかのように、そいつが右手を上げて、手のひらをこちらに向けた。ちょっと待て、だ。何か言った。顔にはりついている仮面《かめん》の下から声を出しているので、よくききとれない。

「な、何だって?」

勝海《かつみ》はきき返しながら、両手のひらを耳たぶの裏《うら》にあててみせた。

「おれは……だから」

そいつはまた、よくききとれない声でそう言うと、目の前にあるガラス戸をあけろと、手振《てぶ》りで伝えてきた。だめだめ。ロックを外してあけたとたん、そいつはたちまち家の中に侵入《しんにゅう》してくるに決まっている。

首を横に振《ふ》って相手の要求をはねつけた勝海《かつみ》は、相手がガラスを割《わ》ろうとはしないみたいなので、少しだけ気を落ち着けた。改めてそいつの外見をざっと観察する。

背格好《せかっこう》は小学五年生の勝海《かつみ》と大して変わらない。やせっぽちだ。仮面《かめん》の下には灰色《はいいろ》の半そでシャツと、黒のジーンズ、赤い靴下《くつした》に白いスニーカーをはいている。

待てよ。これって、おれが学校にいくときによく着ていくスタイルじゃないか。

勝海《かつみ》は改めて、目の前に立っているそいつをながめた。青鬼《あおおに》の仮面《かめん》の目の位置にあいている穴《あな》の底から、本物の人間のひとみがこちらをのぞいている。どこかで見たかもしれないひとみの色に、勝海《かつみ》はどきっとした。

と、今度ははっきりと声がきこえた。

「ここをあけてくれよ」

その声が、いつかお兄《にい》ちゃんのスマホに録音してきかせてもらった自分の声とよく似《に》ているのに気がつくまで、数秒もかからなかった。

「だれだよ、おまえ」

ガラス戸越《ご》しに勝海《かつみ》がきくと、そいつは一歩前に進んでから、答えた。

「もうひとりのおまえ。なあ、いいからここをあけて、これを読み返すんだ」

そう言って、ポケットから出して見せつけたのは、いつも気がついたときに、自分の気持ちや反省、決意などを記して机《つくえ》の上に置いておく、メモノートだ。

これまで、親にもだれにも読ませたことがないノートなのに……。

勝海《かつみ》はとっさにガラス戸を、ロックを外して引きあけた。初冬の冷たい外気がいっせいに入ってきたかと思うと、いままで目の前にいたはずの青鬼《あおおに》が、メモノートもいっしょに魔法《まほう》のように消えていた。

自分の部屋《へや》に引き返した勝海《かつみ》は、机《つくえ》の上に青鬼《あおおに》の仮面《かめん》とメモノートが置いてあるのをたしかめた。ノートの最新のページをめくって、昨夜書いたばかりのメモを読み返す。

〈うそはつかないで、素直《すなお》になろう〉

この立派《りっぱ》な言葉を、□□□□のままで終わらせてはいけなかったのだ。

A【美辞麗句《びじれいく》】　B【悪口雑言《あっこうぞうごん》】

正解・A

【美辞麗句】

びじれいく

うわべだけ美しく立派《りっぱ》にきこえる文句《もんく》。

〈類義語《るいぎご》〉

▼巧言令色（こうげんれいしょく）

言葉を巧《たく》みにあやつって、こびへつらう。

〈関連語〉

▼羊頭狗肉（ようとうくにく）

羊の頭の看板《かんばん》を出して犬の肉を売るような、見かけだおし。

参考

B 悪口雑言（あっこうぞうごん）

言いたい放題の悪口を並《なら》べる。

〈類義語《るいぎご》〉

▼罵詈雑言（ばりぞうごん）

きたない言葉で悪口を言ってののしる。

〈関連語〉

▼誹謗中傷（ひぼうちゅうしょう）

悪口や根拠《こんきょ》のないうそやでたらめを並《なら》べて、人の名誉《めいよ》を傷《きず》つける。

【例文】

●いくら美辞麗句《びじれいく》を並《なら》べ立《た》てても、きみの本心は透《す》けて見えている。

●きみの言葉は巧言令色《こうげんれいしょく》たっぷりで、こちらは恥《は》ずかしい限《かぎ》りだ。

●彼女《かのじょ》、いかにもお嬢様《じょうさま》といった服を着ているけれど、羊頭狗肉《ようとうくにく》かもね。

●みんなからどんな悪口雑言《あっこうぞうごん》を浴びせられても、やることはやるさ。

●試合中に敵《てき》のキャプテンがとばす罵詈雑言《ばりぞうごん》には、もう耐《た》えられない。

●勝ったチームが反則《はんそく》をしていたという投書は、明らかに誹謗中傷《ひぼうちゅうしょう》だ。

妙《みょう》薬《やく》

秋も深まって、辺りに冬の匂《にお》いがただよい始めた十一月中旬《ちゅうじゅん》のある日の昼下がり、伊藤《いとう》匠《たくみ》は日暮坂《ひぐれざか》町にある千代原《ちよはら》駅前の書店の前で、知らない男の人に声をかけられた。

「ねえきみ、ちょっといいかな」

男の人は、おじさんと呼《よ》ぶよりむしろお兄《にい》さんと呼《よ》んだほうが似合《にあ》った顔と体型《たいけい》をしている。もしかしたら、高校生か大学生くらいかもしれない。

「え、ぼくですか。はい、何でしょうか？」

「いきなりおかしなことをきくと思うかもしれないけど、教えてくれないかな。いまは西《せい》暦《れき》何年何月何日の何時何分だろう」

匠《たくみ》は、たしかにおかしなことをきいてくるなあ、とは思ったけれど、無視《むし》して逃《に》げるほどのことでもないかと考えた。いまの西暦《せいれき》を口にするとともに、手にしていたスマホの画面をかざしてみせた。

「ああ、なるほど。うん」

お兄《にい》さんはズボンのポケットから、クレジットカードくらいの大きさの、スマホにしては小さくて薄《うす》っぺらな何かを取り出した。どこをどう操作《そうさ》したかわからない。表面をぽわんと光らせて、匠《たくみ》のかざしているスマホの画面に向けた。ありがとう、と言った。

匠《たくみ》はのぞき込《こ》んで、きいた。

「それって、スマホですか？」

「スマホ？　あ、いや、まあそうだね。スマホみたいなものだと思ってくれればいいよ」

お兄《にい》さんは、そのスマホっぽい光ったままのカードをすぐにポケットに収《おさ》めた。

「ところで、きみは小学生？」

「はい。いま、六年生ですけど」

なぜ？　と、きき返されているような目を向けられたお兄《にい》さんは笑って言った。

「すると、十一歳《さい》か十二歳《さい》ってところかな」

「もう十二歳《さい》になりました」

「うん。ぼくの息子《むすこ》と同じ年だね」

匠《たくみ》は驚《おどろ》いた。自分と同じ年の息子《むすこ》がいるということは、このお兄《にい》さん、自分のお父《とう》さんと変わらない年ってことだ。でも、お父《とう》さんとは比《くら》べ物《もの》にならないくらい若々《わかわか》しい。

「あの……お兄《にい》さんはいくつなんですか？」

「ぼくの年かい。四十二歳《さい》だよ」

「うそでしょ。ぼくの父と同じだなんて。ぜんぜん見えません」

「そうかな。ぼくはうそをついていないよ。でも、そうだなあ……」

お兄《にい》さんは何かを考えるかのように少し黙《だま》ってから、思い切ったみたいに続けた。

「あと百年もたったら、四、五十歳《さい》くらいの人たちはみんな、このぼくと同じような外見をしているよ。見た感じね。それだけじゃない。老化ってわかるかい。老いる、化けるって書くんだけど。年を取るってことさ」

「ああ。はい、わかります」

「ある薬が発明されるんだ。成長期に入る直前にその薬を飲むと、それまで二十歳《はたち》から三十歳《さい》くらいになると始まっていた老化現象《げんしょう》にブレーキがかかる。それで人は六、七十歳《さい》くらいまで、ずっと二、三十代の若《わか》さが保《たも》たれるってわけだ。心身ともにね」

「え。何ですかそれって」

「うん。いまから百年ほど未来の話さ。人の寿命《じゅみょう》はぐんと延《の》びて、男女とも平均《へいきん》百二十歳を越《こ》えて記録更新中《こうしんちゅう》だ。八十歳《さい》代に入るとようやく老化が始まって、それでも、その後四十年くらいの熟年期《じゅくねんき》が、けっこう楽しくすごせるんだよ」

このお兄《にい》さん、頭の中は大丈夫《だいじょうぶ》かな？　匠《たくみ》の心に不安が兆《きざ》した。話半分に切り上げて、この場を離《はな》れたほうがいいかもしれない。一方で、そんな突拍子《とっぴょうし》もない話を、いかにもしたり顔で始めたお兄《にい》さんに対する好奇心《こうきしん》も、むくむくとわいてきた。

「ええと、その。お兄《にい》さんはどうしてそんなこと、知っているんですか？」

だれだってききたくなる質問《しつもん》だ。

「お兄《にい》さんと呼《よ》ばれると照れるなあ。まあ、いいか、答えは簡単《かんたん》さ。ぼくはいまから百五年と三か月先の未来からやってきたんだ」

「やってきたって、どうやって？」

「時間往復装置《おうふくそうち》っていってね。タイムマシンは時間を移動《いどう》する乗り物だけど、時間往復装《おうふくそう》置《ち》は乗り物というより、箱型《がた》の機械の中に入った人がそのまま時間を行き来できるんだ。TRT《ティーアールティー》って呼《よ》んでいるけど、正式にはタイム・ラウンド・トリッパーだね」

お兄《にい》さんはいまから百五年と三か月先の未来から、ほんの一時間ほど前に、TRT《ティーアールティー》が探《たん》索《さく》して決めた、周囲《しゅうい》数百メートルが無人の場所に着陸というか、着時したという。ここ千代原駅がある日暮坂《ひぐれざか》町の西どなりにある、夢見沢《ゆめみざわ》町内の千幻《せんげん》の森だろう。

「そこから歩いてきたんですか？」

「そうだよ。この時代に使えるお金を持っていないからね。電車にもバスにも乗れない。ここできみに声をかけるまでに四十分はかかったかな」

こうなったら徹底的《てっていてき》にききまくってやろう、と匠《たくみ》ははらを決めた。

「それで、お兄《にい》さんはそんなに遠い未来からこの時代に、何しにきたんですか？」

「いや。じつを言うと、この時代にくるつもりはなかったんだ。ぼくは人類のことを専門《せんもん》に研究している学者でね。ＴＲＴ《ティーアールティー》で向かった先は、ホモサピエンスと呼《よ》ばれるいまの人類がこの地球上に発生したばかりのころ、三十万年くらい前のアフリカだったんだ。ところが、出発してすぐに不具合が生じてね。いまきみがいるこの時代のこの土地に不時着というか、投げ出されてしまったんだ」

少し情《なさ》けなさそうな顔をしたお兄《にい》さんをどうなぐさめたらいいか匠《たくみ》はわからない。

「じゃあ、もしかしてお兄《にい》さんは、やってきた未来に戻《もど》れなくなっちゃったの？」

「いや。戻《もど》ろうと思えば戻《もど》れるんだが、そのためにはもう一度、まわりにだれもいないさっきの森の中までいって、ＴＲＴ《ティーアールティー》が作動できる時間帯に合わせないといけないんだよ」

「時間帯っていうのは？」

お兄《にい》さんはポケットからさっきの、匠《たくみ》がスマホかと思った光るカードを取り出して、のぞき込《こ》みながら言った。

「直近は、いまから四十五分後に始まって五十三分後に終わる、正味八分間さ」

「八分間のうちにそのスマホっていうか、カードを使って出発すればいいんですね」

「そういうことだ。きみのおかげで、この場所の現在《げんざい》の正しい年月日と時刻《じこく》がわかったのは大助かりだった。よし、これから急いで森に戻《もど》るとしよう。そうだ。きみにお礼としてこの薬をあげよう。いまは世界のどこにもない、貴重《きちょう》な一粒《つぶ》だ」

反対のポケットを探《さぐ》って、のど飴《あめ》くらいの大きさの金色の固体を一つ、取り出した。

「成長期を迎《むか》える直前といえば、きみはまさにいまだからね。この一粒《つぶ》を口に入れて、ゆっくり溶《と》かして味わえばいい。これから年を取っても、きみのお父《とう》さんみたいにすぐに老《ふ》け込《こ》むことはなくなるよ。じゃあ」

それだけ言うと、お兄《にい》さんは軽く手を振《ふ》って、急ぎ足でいってしまった。

手のひらに乗ったのは、いまから百年ほど未来にはみんなが飲んでいるという、人の老化現象《げんしょう》にブレーキをかける妙薬《みょうやく》だという。知らない相手からもらったものだとはいえ、あとは信じるか信じないかだ。口に入れるか入れないか、匠《たくみ》は□□□□できない。

A【即断即決《そくだんそっけつ》】 B【自画自賛《じがじさん》】

正解・A

【 即断即決 】

そくだんそっけつ

ためらうことなく即座《そくざ》に判断《はんだん》して即座《そくざ》に決める。

〈関連語〉

▼**右顧左眄**（うこさべん）

右や左など辺りをうかがうだけで決断《けつだん》しない。

▼**朝令暮改**（ちょうれいぼかい）

朝出した命令を夕方変えるように、一定しない。方針《ほうしん》や法律《ほうりつ》などがコロコロと変わること。

参考

B ▼**自画自賛**（じがじさん）

自分や自分がしたことを、自分でほめる。自慢《じまん》する。

〈類義語《るいぎご》〉

▼**手前味噌**（てまえみそ）

自分や自分がしたことを、自慢《じまん》にきこえないように自分でほめる。

〈関連語〉

▼**夜郎自大**（やろうじだい）

自分の力量を知らない人間が仲間内で偉《えら》ぶっていばっている。

【例文】

●先生は急用ができて、きょうの宿題は出さないと即断即決《そくだんそっけつ》した。

●質問《しつもん》するかしないか右顧左眄《うこさべん》しているうちに、集会が終わった。

●せっかく立てた方針《ほうしん》を朝令暮改《ちょうれいぼかい》するようでは、先が思いやられる。

●先生は自分で描《か》いた絵をみんなに見せて、どうだと自画自賛《じがじさん》している。

●手前味噌《てまえみそ》ですが、ぼくが作ったオムレツはおいしいでしょう。

●自らを天才と豪語《ごうご》してきた男は、夜郎自大《やろうじだい》だったことに気がついた。

飛来

冬休みになるまであと少しという、北風の吹《ふ》く寒い日の午後だった。宮田加奈《みやたかな》は学校帰りに、自宅《じたく》近くにあるウズラ公園のベンチの上に、黒い糸につながれた小さな鶴《つる》の折り紙が置いてあるのを見つけた。

赤、青、黄、白、紫《むらさき》、橙《だいだい》、金、銀、茶。色とりどりにぜんぶで九つ、いや九羽をつなげた千羽鶴《せんばづる》だった。だれが置いていったのだろう。加奈《かな》はつながっている糸の先端《せんたん》を手にして、空中に浮《う》かべてみた。そのまま群れをなして、空高くとんでいきそうだ。

「どうしようかな」

辺りを見まわしたけれど、関係のありそうな人の姿《すがた》はない。

ランドセルを下ろした加奈《かな》は、いつも幸運をまねく銀の鈴《すず》をぶら下げている場所に、いつのまにか千羽鶴《せんばづる》を結びつけていた。こうしてウズラ公園のベンチにあった千羽鶴《せんばづる》は、加《か》奈《な》のランドセルの一部になって、自宅《じたく》の門をくぐることになった。

翌朝《よくあさ》、加奈《かな》は体が燃《も》えるような気分で目をさました。三九度を超《こ》える熱が出ていた。

「あら、たいへん。学校はお休みね」

寒い日々《ひび》が続いていたので、風邪《かぜ》でも引いたのだろう。熱が下がるまで、安静にしていなければならない。加奈《かな》は半分がっかりしたものの、残る半分はちょっと得《とく》した気分にもなっていた。

なぜなら熱はあるけれど、風邪《かぜ》を引くといつもなるみたいに頭やのどが痛《いた》かったり、鼻水がぐずぐず出たり、くしゃみが止まらなくなったり、という症状《しょうじょう》はいまのところない。これで学校が休めるのなら、そう悪くない。でも、お母《かあ》さんは心配した。

「コロナかインフルエンザかもしれないでしょ。病院にいくわよ」

「え、病院いくの」

いきなり、いやな響《ひび》きの言葉だった。

「あら、病院がいやなの？」

お母《かあ》さんが、首をかしげた。

「いつもお世話になっている熊坂《くまさか》先生のところよ。あなたのお気に入りの先生でしょ」

「熊坂《くまさか》先生は嫌《きら》いじゃないけど……」

加奈《かな》は語尾《ごび》をにごす。どうしてなのかわからない。いまの加奈《かな》にとって、病院にいくことそのものが、なぜかためらわれるのだった。

「いきたくないよ」

気がついたら、声に出していた。自分でもわけがわからない。

「何言ってるの。熱が出た原因《げんいん》を調べてもらわないといけないでしょ」

加奈《かな》はぜんぜん気乗りがしないままベッドから降《お》りて、いきたくないとつぶやきながら着替《きが》えを始めた。お母《かあ》さんに半分力ずくで家から連れ出され、車に放り込《こ》まれて、駅前にある熊坂《くまさか》クリニックへ運ばれた。

ところが、車が熊坂《くまさか》クリニックの駐車場《ちゅうしゃじょう》に着いたとき、加奈《かな》の気分はみるみるよくなっていた。病院がいやだというおかしな気持ちも、うそみたいに消えている。

もっと驚《おどろ》いたのは、看護師《かんごし》に改めて測《はか》ってもらった熱が、すっかり下がっていたことだ。診察室《しんさつしつ》に入った加奈《かな》を、熊坂《くまさか》先生はにこにこしながら迎《むか》えてくれた。

「熱が下がったか。よしよし。これにてコロナはコロナシで、インフルエンザもインフルエンド、なんちって。どれどれ……」

検査《けんさ》をしてけっきょく薬も必要なし、ということになって病院を後にしたのだった。

家に帰った加奈《かな》は、お昼ごはんを食べた後で机《つくえ》に向かった。きょう、学校で習うはずだった国語と社会の自習をするためだ。ところが、勉強を始めて五分もたたないうちに、もうれつな眠気《ねむけ》に襲《おそ》われて、机《つくえ》に突《つ》っ伏《ぶ》してしまった。

廊下《ろうか》をだれかが歩いてくる。スリッパをはいているのだろう。ぱたぱたした足音だ。

加奈《かな》はうっすらと目をあけた。そこは自分の部屋《へや》ではなかった。見たこともない部屋《へや》だった。足音が、目の前にある白いドアの前で止まった。壁《かべ》も天井《てんじょう》も白い。窓《まど》には白いカーテンがかかっている。軽くノックの音が響《ひび》いて、ドアがひらいた。

「きょうの具合はどうかしら？」

お母《かあ》さんくらいの年をした知らないおばさんが、自分の娘《むすめ》に話しかけるような口ぶりでそうきいてきた。

「元気になったらお家に帰って、あなたが赤ちゃんのころからずっとお気に入りのウズラ公園にいって遊びましょうね」

加奈《かな》はどうやら、ベッドに仰向《あおむ》けで寝《ね》ているみたいだ。

「ほら。また少し、お友だちが送ってきてくれたのよ」

そういうおばさんの視線《しせん》を追いかけて、足もとのほうへ向き直った加奈《かな》は、あっ、と思った。天井《てんじょう》の照明器具からベッドに向かって何本もつり下がっているのは、色とりどりの折り紙で作った千羽鶴《せんばづる》だった。ぜんぶで十本、いや、もっとある。

「千羽鶴《せんばづる》……」

加奈《かな》がかすれた声で言うと、おばさんがうなずいて教えてくれた。

「これでぜんぶで百二十羽。クラスのみんなのパワーがもらえるよね、タキちゃん」

「タキちゃん？」

「加奈《かな》、どうしたの。大丈夫《だいじょうぶ》？」

お母《かあ》さんの呼《よ》ぶ声で、加奈《かな》は気がついた。自分の部屋《へや》の机《つくえ》の前にすわっていた。

「お母《かあ》さん、こわい」

加奈《かな》は半泣きになりながら、いま見た一瞬《いっしゅん》のうちの幻《まぼろし》を、お母《かあ》さんに話してきかせた。きのう学校の帰りに、ウズラ公園のベンチの上に置いてあるのを見つけて持ってきた千羽鶴《せんばづる》のこともつけ足した。

「千羽鶴《せんばづる》って。それをあなた、ランドセルに結びつけて帰ってきたの？」

お母《かあ》さんは、机《つくえ》のすみに置いてある加奈《かな》のランドセルを見つけると、ため息をついた。

「どこのだれのものかもわからないものを、勝手に拾って自分のものにしちゃうなんて。これは、もとあった場所に戻《もど》しておきましょうね」

お母《かあ》さんは加奈《かな》のランドセルから千羽鶴《せんばづる》を外すと、黙《だま》って家を出ていった。

加奈《かな》が見た幻《まぼろし》の中の「タキちゃん」がどこのだれなのかを知ったのは、それから数日後のことだった。加奈《かな》の家にやってきた町内会長さんが、お母《かあ》さんに教えてくれた。

「四年生に、宇和島《うわじま》多来《たき》ちゃんというかわいい子がいたんですけどね。長いあいだ、遠くのほうの病院に入院していたんです。でも、先日、残念ながら亡《な》くなりました。クラスのみんなが千羽鶴《せんばづる》を折って、回復《かいふく》を祈《いの》って病院に送っていたそうですが」

お母《かあ》さんはうなずいてから、きいた。

「千羽鶴《せんばづる》はその後、どうなったかご存《ぞん》じでしょうか」

「十四日にお葬式《そうしき》があって、まとめて多来《たき》ちゃんのひつぎに収《おさ》められたって話です」

十四日というのは、加奈《かな》が学校をお休みした、まさにその前日だった。

多来《たき》ちゃんの病室に飾《かざ》ってあった千羽鶴《せんばづる》の一部が、葬式《そうしき》の日に本人のひつぎに収《おさ》められた後、空をとんできたのだろうか。ウズラ公園は多来《たき》ちゃんにとって、赤ちゃんのころから心が休まる、□□□□のお気に入りの場所だったのだから。

A【唯一無二《ゆいいつむに》】　B【有象無象《うぞうむぞう》】

正解・A

【唯一無二】

ゆいいつむに

世の中にただ一つしかない、かけがえのないこと。

〈関連語〉

▼**天下無双**（てんかむそう）

この世に並《なら》ぶ者がいないほどすぐれている。

▼**千差万別**（せんさばんべつ）

いろいろなものに、さまざまな相《そう》違《い》や差《さ》異《い》がある。

参考 B ▼**有象無象**（うぞうむぞう）

取るに足りない、ろくでもない、つまらない人たちや物。仏教《ぶっきょう》ではこの世にあるすべての物をいう。

〈関連語〉

▼**多種多様**（たしゅたよう）

種類、性質《せいしつ》、状態《じょうたい》、現象《げんしょう》などがさまざま。

▼**森羅万象**（しんらばんしょう）

宇宙《うちゅう》に存在《そんざい》するあらゆる、すべての事物や現象《げんしょう》。森羅《しんら》とは、樹《じゅ》木《もく》が限《かぎ》りなく並《なら》ぶの意味。

【例文】

●地球は太陽系《たいようけい》で唯一無二《ゆいいつむに》の、人が住める惑星《わくせい》だ。

●二刀流の宮本武蔵《むさし》は、天下無双《てんかむそう》の剣豪《けんごう》でした。

●辞書といっても、その種類は用途《ようと》によって千差万別《せんさばんべつ》だ。

●事故現場《じこげんば》には、わけのわからない有象無象《うぞうむぞう》が集まってきた。

●世の中は、多種多様な人や物で成り立っている。

●森羅万象《しんらばんしょう》をあやつるのは神の仕事だ、と言われている。

証《しょう》拠《こ》

クリスマスイブだった。日はすでにとっぷりと暮《く》れている。相原留未《あいはらるみ》は、遊びにいった友人の家に思いのほか長居《ながい》をしてしまい、帰宅《きたく》の道を急いでいた。

とちゅうで抜《ぬ》けていく商店街には、あちらこちらからクリスマス商戦のただ中を告《つ》げる〈ジングルベル〉や〈ホワイトクリスマス〉や〈赤鼻のトナカイ〉といった、きょうあしたを盛《も》り上《あ》げる楽曲や歌声が流れていた。

家路を急ぐ留未《るみ》は、自宅《じたく》まであと十数分に迫《せま》った十字路の一角までやってきた。大きなクリスマスツリーが、鮮《あざ》やかなイルミネーションを輝《かがや》かせている。となりには、作り物の雪だるまが立っていた。

「わあ、きれい」

思わず足を止めた留未《るみ》だったが、そのとき商店と商店のあいだの、ちょっとした広さの暗い空き地に、大きな灰色《はいいろ》の何かがうごめいているのを見つけた。

何だろうと思って近づいていくと、うごめくものが二つのオレンジ色のひとみを光らせた。留末《るみ》が目を合わせると、そいつは荒《あら》い鼻息を立てた。

そこにうずくまっているのは、鹿によく似《に》た動物だった。ただし、頭には何だかとてつもなく大きな角が生えている。もしかして、これってトナカイ？

たちまち興味《きょうみ》をかき立てられた留末《るみ》は、そちらに向かってふらふらと歩を進めた。手を伸《の》ばせば届《とど》きそうなほどの距離《きょり》にまで近づいたとき、留末《るみ》は気がついた。うずくまっているトナカイは、後ろの左脚《ひだりあし》が妙《みょう》な具合に曲がっていて、血を流している。

「わあ。かわいそう」

留末《るみ》は辺りを見まわした。驚《おどろ》いた。商店街にあふれている人たちがいっせいに、その場で凍《こお》りついたように動きを止めている。買い物をしている人も、歩いている人も、自転車に乗っている人も、まるで一瞬《いっしゅん》という時間にとじ込《こ》められてしまったかのようにストップモーションを続けている。

そういえば、さっきまで軽快《けいかい》に流れていたクリスマスの楽曲も歌声も、水を打ったようにぴたりと止《や》んでいる。風も感じない。

トナカイもまた、その場で剝製《はくせい》の動物みたいに動きを止めていた。

「驚《おどろ》くのも無理はないだろうね」

留末《るみ》の背後《はいご》から突然《とつぜん》、年老いた男の人のささやくような声がした。

「いま、この場所では時間が止まっているんだよ、お嬢《じょう》ちゃん」

振《ふ》り向《む》いた留末《るみ》の前に立っていたのは、サンタクロースだった。だれがどこからどう見ても、そうとしか思えない服装《ふくそう》をしていた。白い口ひげに赤い帽子《ぼうし》がよく似合《にあ》う。

でも、時間が止まっていると言われたとおり、そこにはクリスマスイブの商店街の活気が凍《こお》りついていた。いまここで体を動かすことができるのは、目の前に突然《とつぜん》あらわれたサンタと、そのサンタにお嬢《じょう》ちゃんと呼《よ》ばれて話をきいている留末《るみ》の二人《ふたり》だけだった。

悪い夢《ゆめ》でも見ているのだろうか。

クリスマスツリーの横に立っている雪だるまの頭をなでながら、サンタが続けた。

「この子には、わしのかぶっている赤い帽子《ぼうし》が似合《にあ》いそうだな。それはそれとして、わしは今夜のために、はるばるあちらの世界からこのトナカイにそりを引かせて空をとんできたわけだ。ところが、先ほど地上に降《お》り立《た》ったときの場所が悪かった」

「場所、ですか？」

「そう。車という凶器《きょうき》がぶんぶん走りまわっている道路のはしっこだったんだ。で、相棒《あいぼう》のやつが、着地したとたんに左脚《ひだりあし》をひかれてしまった」

相棒《あいぼう》とはトナカイのことだろう。

「こいつのけがを治してやらないと、わしは今夜の仕事ができなくなる」

「仕事っていうと……」

「もちろん、わしの仕事は、夜寝《ね》ている子どもたちの枕《まくら》もとに忍《しの》び寄《よ》って、クリスマスのプレゼントを配ってまわることだよ」

わーい、やったあ。でも、その仕事ができなくなっちゃうのは、困《こま》ったな。

サンタは留末《るみ》の思いを読んだみたいにうなずいてから、

「そこでわしは時間を止めたんだよ。サンタは人々《ひとびと》にないしょで行動しないといけない。そのために時間を止めることはよくあることだ。ところが、わしが時間を止めようとした少し前だった。お嬢《じょう》ちゃんの目がわしの相棒《あいぼう》の姿《すがた》をとらえた。そうなると、お嬢《じょう》ちゃんはわしと同じように、止まっている時間の制約《せいやく》を受けないですむことになるんだ」

わかったような、わからないような話だったが、留未《るみ》はうなずいてからきいた。

「それで、どうしたらトナカイさんの脚《あし》のけがを治すことができるの？　サンタさんのお仕事ができるようになるの？」

「それはだね。時間が止まっているあいだにわしは、あちらの世界に一度戻《もど》って、相棒《あいぼう》のけがを治すための魔法《まほう》の薬を取ってくるのさ」

「だけど、その子が動けないのに、どうやってあっちの世界に戻《もど》れるの？」

「大丈夫《だいじょうぶ》。こいつがいなくても、わしはその気になればあちらの世界に戻《もど》れるし、こちらの世界にまたやってくることもできるんだ。あくまでも非常事態《ひじょうじたい》としてだがね」

「ふーん、そうなんだ。だけどわたしは、サンタさんがここからいなくなったら、たったひとりで時間が止まっているこのへんてこな世界に残されちゃうんだ。いやだな」

少し考えてから、

「サンタさんはどれくらいで、こっちにまた戻《もど》ってきてくれるの？」

「そうだなあ。こいつなしだから、空を歩いて往復《おうふく》するしかないか。こちらにまた戻《もど》ってくるまで、まあ一週間ってところかな」

「一週間も！」

そのあいだ、時間はずっと止まったままになるってわけだ。留未《るみ》はぞっとした。

「いやだよわたし、そんなに長いあいだ、時間が止まったままのこんな世界にずっといるなんて。おなかがすいて死んじゃう」

サンタは白い口ひげを震《ふる》わせて笑った。

「では、わしといっしょにあちらの世界にいってみるかな？　その旅にいくら時間をかけたとしても、こちらの世界の時間は止まったままだ。だれにも心配をかけることはない」

「おもしろそう。連れていってくれるの？」

「うむ。ただし一つ断《ことわ》っておく。わしといっしょにあちらの世界まで旅をして、一週間後にこちらの世界に戻《もど》ってくる。相棒《あいぼう》の脚《あし》のけがを治して、再《ふたた》び時間が動き始めたときのことだ。それまでのわしと相棒《あいぼう》との出会いと、旅をふくむすべての思い出はきれいさっぱり消えてなくなっている。その覚悟《かくご》だけはしておいてもらいたい」

「わかりました」

ほかにどう答えればよかっただろう。

クリスマスイブだった。家路を急ぐ留未《るみ》は、自宅《じたく》まであと数分に迫《せま》った十字路の一角までやってきた。大きなクリスマスツリーに、鮮《あざ》やかなイルミネーションが輝《かがや》いている。

「わあ、きれい」

思わず足を止めた留未《るみ》は、ツリーの枝《えだ》にサンタクロースの赤い帽子《ぼうし》が引っかかっているのを見つけた。それを取って□□□□、横に立っている雪だるまの頭にかぶせてやった。

A【一触即発《いっしょくそくはつ》】　D【当意即妙《とういそくみょう》】

正解・B

【 当意即妙 】

とういそくみょう

その場の状況《じょうきょう》に合わせて、
すばやく機転をきかせて適切《てきせつ》な対応《たいおう》を取る。

〈類義語《るいぎご》〉

▼**臨機応変**（りんきおうへん）
場合にのぞみ、変化に合わせて状《じょう》況《きょう》に応《おう》じた行動を取る。

〈関連語〉

▼**変幻自在**（へんげんじざい）
思うままに姿《すがた》を変えて、現《あらわ》れたり消えたりする。

参考

A **一触即発**（いっしょくそくはつ）
ちょっと触《ふ》れれば大事になりそうな、危険《きけん》で緊迫《きんぱく》した状態《じょうたい》。

〈関連語〉

▼**和気藹藹**（わきあいあい）
心と心が通じ合い、和《なご》やかな雰囲《ふんい》気《き》に満ちている。

▼**意気投合**（いきとうごう）
お互《たが》いに意気が合う。気持ちが通じ合って親しくなる。

【例文】

●堅苦《かたくる》しいスピーチに当意即妙《とういそくみょう》なヤジをとばして、場を和《なご》ませる。

●とっさの出来事にも、臨機応変《りんきおうへん》に対応《たいおう》できる姿勢《しせい》が必要だ。

●手品師《てじなし》はトランプのカードを変幻《へんげん》自在《じざい》に扱《あつか》った。

●一触即発《いっしょくそくはつ》の間際《まぎわ》までにらみ合っていた二人《ふたり》だが、最後は仲直りした。

●同窓会《どうそうかい》は和気藹藹《わきあいあい》（藹々《あいあい》）とした雰囲気《ふんいき》のうちに終了《しゅうりょう》した。

●うわさしていた転校生と意気投合して、すっかりなかよくなった。

提《てい》案《あん》

日曜日だったので、矢野瑛太《やのえいた》はお母《かあ》さんにたたき起こされるまで、ふとんにくるまって安眠《あんみん》をむさぼっていた。昨夜はトランプのひとり遊びにのめり込《こ》んで、時間が超特急《ちょうとっきゅう》ですぎてしまった。いつふとんに入ったかもわからない。

「いつまで寝《ね》ているの？　外は思いっきりいいお天気よ。さあ、起きなさい」

掃除機《そうじき》の立てる轟音《ごうおん》が、ベッドのまわりになだれ込《こ》んでくる。

「何だよもう。せっかくいい夢《ゆめ》見てたのに」

「あら。どんな夢《ゆめ》を見ていたの？」

掃除機《そうじき》を止めて、お母《かあ》さんがきいた。

「それを言ったら、夢《ゆめ》がこわれる」

「だったら夢《ゆめ》をこわさないように、しっかり現実《げんじつ》と向き合うことね。ココが早く散歩にいきたいってじれているわよ」

毎週、学校のない日は、飼《か》い犬《いぬ》のココを散歩に連れていくのが、瑛太《えいた》の日課だった。マルチーズという、全身が丸っこくて真っ白な小型犬《こがたけん》だ。

「わかったよ。もう」

そう答えてから瑛太《えいた》は、さっきまで見ていて、いまは散り散りになりつつある夢《ゆめ》の断片《だんぺん》をかき集めながら、思わずにやりとした。

こんな夢《ゆめ》だった。

夕暮《ゆうぐ》れ迫《せま》る道を歩いていると、後ろからだれかが走ってくる。待って、矢野《やの》くーん。振《ふ》り返《かえ》ると、同じクラスで、瑛太《えいた》がふだんからもっともっとなかよくなりたいなあ、と思っている島村郁美《しまむらいくみ》だ。胸《むね》が弾《はず》むが、ここはふつうの顔をしていよう。

どうしたの？　ときくと、帰りが遅《おそ》くなっちゃったからお家まで送っていってほしい、と答える。暗い道がこわいらしい。いつのまにか、日はとっぷりと暮《く》れている。住宅街《じゅうたくがい》の家々《いえいえ》には、どこも明かりが灯《とも》っている。空を仰《あお》ぐと、星がいくつも輝《かがや》いている。

瑛太《えいた》は郁美《いくみ》の家がどこにあるか知らない。これは現実《げんじつ》の世界でも同じだ。いつかその家に、郁美《いくみ》のボーイフレンドとなっていってみたいという願いが、日々《ひび》高まっている。だからこんな夢《ゆめ》を見るのだろうかと、夢《ゆめ》の中で思っている自分がいる。

えーと。並《なら》んで歩いている郁美《いくみ》が、夜空を見上げながら言う。晴れてるね。うん。瑛太《えいた》はそう返事をするだけで、続く言葉がわからない。どこかで犬がほえている。あの神経質《しんけいしつ》でかん高い声はココだろう。ってことは、いまは自宅《じたく》の近くにいるのかもしれない。

そんでさ。郁美《いくみ》が、今度は少し訴《うった》えるような声を出す。よかったら。何？　と瑛太《えいた》。その、と郁美《いくみ》。何だろう？　郁美《いくみ》は手を伸《の》ばしてくる。あ。郁美《いくみ》の伸《の》ばした手が、瑛太《えいた》の手をにぎってくる。じーん、と温かいぬくもりが伝わってくる。いつまで寝《ね》ているの？　外は思いっきりいいお天気よ、起きなさい。ぐおおおおおん……。

そこで目をさました、というわけだ。

玄関《げんかん》でおすわりしながらほえていたココが、起きてきた瑛太《えいた》に気がついて、かけ寄《よ》ってきた。早く散歩にいこうと、短いしっぽを左右に振《ふ》っている。

「わかったよ。いくから、ちょっと待て」

瑛太《えいた》はソッコーでトイレをすませて着替《きが》えると、洋服ダンスから、先日買ってもらったばかりのダッフルコートを引き出した。両手を通しながら玄関《げんかん》に向かう。

冬の気配が濃厚《のうこう》に感じられる一月中旬《ちゅうじゅん》、来週は大寒に入るとテレビが告《つ》げていた。雪が降《ふ》るかもしれない。そうしたら郁美《いくみ》といっしょに雪だるまを作りたいなあ……。

そんなことを夢想《むそう》しながらココの首輪にリードをつなぎ、散歩に必要な道具の入ったポーチを持って、瑛太《えいた》は家を出た。寒いけれど風のない住宅街《じゅうたくがい》の一本道を歩き始める。

左手に市営《しえい》公園が見えてきた。ココは公園の入口前のいつもの空き地までいくと、ずっとがまんしていたオシッコを解放《かいほう》するために、しゃがみ込《こ》む。

きょうはけっこう人がいるなあ。

ココが用を足しているあいだ、瑛太《えいた》は公園の中をのぞき込《こ》んだ。幼《おさな》い子どもといっしょに遊びにきているお父《とう》さんや、お母《かあ》さんだろう。子連れの人たちがめだっている。

いくら寒くても、天気がいいからなあ。

公園内には大きな池があって、駐車場《ちゅうしゃじょう》もある。けっこう広い。出入口が瑛太《えいた》の家の近くと、その反対側に一つずつあるが、瑛太《えいた》はココといっしょに、もう一つの出入口の向こうまでいったことはない。たいてい、公園のまわりを軽く一周して家に帰ってくる。

きょうは一度、あっちの出入口から出て、公園の外の道をまわってみようかな。思っただけなのにココが、わん、とほえた。賛成《さんせい》ということだろう。

「よし、いくぞ」

瑛太《えいた》はリードを引いて公園を歩き始めた。

いつもと同じく、ココが先に立って、短い脚《あし》をとことこ動かしていく。ときどき鼻づらを地面に押《お》しつけるようにして、何かを見つけたみたいにしっぽを振《ふ》ることもある。それがぜんぶ、落ちている五十円玉や百円玉や五百円玉だったらいいのになあ、お札でもいいけど、なんてばかな空想を楽しんでいるときだった。

「矢野《やの》くーん」

横手から声がとんできた。きき覚えのある声だ。え。もしかして？

瑛太《えいた》は足を止めて声の主を探《さが》した。こっちを向いている顔が手を振《ふ》った。赤い帽子《ぼうし》をかぶっている。郁美《いくみ》だった。夢《ゆめ》じゃない、現実《げんじつ》の郁美《いくみ》だ。

「おはよう！　こんなところで会えるなんてすごいね。わー、かわいい」

そう言いながら近づいてきた郁美《いくみ》は、やはり犬を連れていた。耳が大きくて、アーモンドみたいにつぶらなひとみが愛くるしい小型犬《こがたけん》だ。ココとじゃれ合いを始めた。

「おはよう……」

「マルチーズね。おお、よしよし」

郁美《いくみ》はその場にしゃがみ込《こ》むと、じゃれ合っている二頭のあいだに割《わ》って入ってココの頭をなで始めた。ココもまんざらではなさそうだ。しっぽを振《ふ》っている。

「何ていう名前？」

「ココ」

「ふーん、カタカナで書くのね。ぴったりはまってるよ」

瑛太《えいた》は首をあいまいに振《ふ》って、郁美《いくみ》が連れている犬の種類を口にしたかった。でも、わからない。えーと、とうなって頭をかいていると、郁美《いくみ》が言った。

「うちのはパピヨン。ナッツっていうの」

「ナッツね。ココと合わせてココナッツかよ」

とっさにとび出した応答《おうとう》がウケたらしい。郁美《いくみ》が肩《かた》を震《ふる》わせて笑い出した。パンジーが咲《さ》いたみたいに可憐《かれん》な笑顔《えがお》だ。瑛太《えいた》もつられて笑っていた。

「この子たち、初対面なのにお互《たが》いに気に入ったみたいね。どっちもうれしそう」

いちばんうれしいのは瑛太《えいた》だったにちがいない。でも、そのうれしさを郁美《いくみ》みたいにあけっぴろげにはできない。そういう性格《せいかく》なのだから仕方がない。

「ねえ、よかったらいまからいっしょに歩かない？　せっかく二匹《ひき》でココナッツになれたんだから、すぐ引《ひ》き離《はな》しちゃうのってかわいそう」

郁美《いくみ》が提案《ていあん》した。いっしょに歩けば、ココはナッツともっとなかよくなれる。瑛太《えいた》と郁《いく》美《み》ももっとなかよくなれる。まさに□□□□っていうやつかなあ。

A【軽挙妄動《けいきょもうどう》】　R【一石二鳥】

正解・B

【一石二鳥《いっせきにちょう》】

一つの行いで同時に二つの利益《りえき》を得《え》る。

〈類義語《るいぎご》〉

▼一挙両得（いっきょりょうとく）

一つのことをするだけで同時に二つの利益《りえき》を得《え》る。

〈関連語〉

▼一網打尽（いちもうだじん）

悪いやつらを一度にまとめてつかまえる。

参考

A▼軽挙妄動（けいきょもうどう）

物事を深くじっくりと考えず、軽々《かるがる》しく行動する。

〈関連語〉

▼器用貧乏（きようびんぼう）

何でも一通りのことはできるが、特にすぐれたところはない。

▼主客転倒（しゅかくてんとう）

物事の立場や段取《だんど》りが逆《ぎゃく》になる。客と主人の力が入《い》れ替《か》わる。

【例文】

●朝のジョギングは、体も心も元気になって一石二鳥だ。

●成績《せいせき》が上がると、親にはほめられゲームも許《ゆる》されて一挙両得《いっきょりょうとく》ね。

●警察《けいさつ》はその詐欺《さぎ》グループを一網打尽《いちもうだじん》に逮捕《たいほ》した。

●いくら腹《はら》が立ったとはいっても、軽挙妄動《けいきょもうどう》してはいけない。

●器用貧乏《きようびんぼう》の父は、便利に使われるだけで出世はできなかった。

●犬の散歩で道に迷《まよ》ったが、主客転倒《しゅかくてんとう》で帰り道を犬に教わった。

忠《ちゅう》告《こく》

ある日の午後、佐藤竜真《さとうりょうま》がいつもとはちがって暗い気持ちを抱《かか》えながら学校から帰ってくると、自宅《じたく》があるマンションの向こう側に木々《きぎ》が生《お》い茂《しげ》っていた。

「あれ？　どうなっているんだ」

竜真《りょうま》はエントランスに向かうのをやめて、木々《きぎ》が生《お》い茂《しげ》っている場所をめざした。

「きょうの朝まで、こんなところに木なんか生えていたっけ。それもこんなにたくさん」

竜真《りょうま》の記憶《きおく》では、ここにはマンションの住人のための広い駐車場《ちゅうしゃじょう》があって、木なんか一本も生えていなかった。でも、いまはその辺り一帯が木々《きぎ》でおおわれている。地べたむき出しの狭《せま》い道が一本、見る人を鬱蒼《うっそう》とした森の奥《おく》に誘《さそ》い込《こ》むように延《の》びていた。

さらに歩を進めて、その規模《きぼ》がどれくらいのものか想像《そうぞう》もつかない森の入口までいった竜真《りょうま》は、そこで立ち止まった。

これまでここにあった青空駐車場《ちゅうしゃじょう》には、竜真《りょうま》の家の車も並《なら》んでいた。ぜんぶで百台くらいはあったはずだ。それがそっくり、どこかへ消えてしまっている。

だが、それよりも興味《きょうみ》を引くのは、竜真《りょうま》が学校にいっているあいだに、この場所にいきなりあらわれた森だった。

そういえば、おととし亡《な》くなった竜真《りょうま》の祖父《そふ》、龍造《りゅうぞう》じいちゃんは、長いあいだ森の研究をしていた。でも、それとこの森とはどういう関係があるっていうのか。

辺りをうかがうと、マンションの住民らしい人たちが数人、敷地内《しきちない》を歩いている。犬を散歩させているおばさんもいる。そのだれもが、そこに森があってもおかしくないじゃないか、といった顔をして、ふつうに歩いている。

だれかに声をかけてきいてみようか。そうも思った竜真《りょうま》だったが、それより自分でこの森の道を歩いていったほうが早道のように感じられた。うん、いってみよう。

そうと決めたら、黄色い帽子《ぼうし》に青いランドセルリュックを背負《せお》った竜真《りょうま》は、そのまま森の奥《おく》へ延《の》びている一本道に入っていった。

少し歩けば森はすぐに抜《ぬ》けられるだろう。そう考えていたのは甘《あま》かった。前に進めば進むほど、辺りは鬱蒼《うっそう》とした樹木《じゅもく》におおわれてきた。午後の太陽も、林立する樹木《じゅもく》の枝葉《えだは》によって次第《しだい》にその光がさえぎられていく。

あまり奥《おく》まで歩いていったら、ここがどこだかわからなくなって迷子《まいご》になってしまうかもしれない、と気をもむ必要はなさそうだ。いまのところ道は曲がりくねってはいるものの、この一本しかなかった。いざとなれば、そのまま引き返せば戻《もど》ってこられる。

そのとき、樹木《じゅもく》の上のほうから、鳥とも獣《けもの》ともわからない、低くとどろく怪《あや》しい声が落ちてきた。足を止めて見上げたら、太い枝《えだ》の半ばのところに、一匹《ぴき》の得体《えたい》の知れない動物がいた。恐竜《きょうりゅう》の頭みたいな、緑にそまった顔を竜真《りょうま》のほうに向けている。

「どろろろろーん」

これって、昔もらった年賀状《ねんがじょう》で見たことがあるぞ。うん、十二支《じゅうにし》の中でただ一つの架空《かくう》の動物、龍《りゅう》だよ。目をらんらんと光らせている。枝《えだ》の上からとびかかってくるかもしれない。やばいと思ったら、そいつが日本語で話しかけてきた。

「学校で、いやなことがあったんだな」

竜真《りょうま》は驚《おどろ》いて、目をぱちくりさせた。

「なかよしの永介《えいすけ》くんとけんかして、そのまま帰ってきちまったのか」

「ど、どうして知っているの？」

吉田永介《よしだえいすけ》と竜真《りょうま》は、一年生のときからのなかよしだ。いっしょに野球やサッカーをして、テレビゲームをして、勉強もして、ずっと親しくつき合ってきた。それがきょうの放課後、初めての大きな口げんかをしてしまった。

原因《げんいん》は単純《たんじゅん》だった。永介《えいすけ》が好きになった女子のことを、竜真《りょうま》が軽い気持ちでからかったら、すぐ近くにその子がいた。永介《えいすけ》が顔を赤くしたので、竜真《りょうま》はそれをまたからかった。その子はどこかへいってしまった。それで永介《えいすけ》は竜真《りょうま》のことを、すごい剣幕《けんまく》で罵倒《ばとう》した。こめかみに青筋《あおすじ》が立っていた。

「ふざけんなよ、ばか野郎《やろう》。おまえなんかもう、友だちでも何でもないからな」

竜真《りょうま》も言い返した。

「本当のことを言っただけだろ。そんなに怒《おこ》ったら、頭にツノが生えるぞ」

「おれに殴《なぐ》られる前に、ひとりで帰れよ。おまえとは、たったいまから絶交《ぜっこう》だ」

「わかったよ。絶交《ぜっこう》したけりゃしてやるさ。とっとと帰ってやる」

売り言葉に買い言葉というやつだ。校門の前に永介《えいすけ》を残して、竜真《りょうま》は逃《に》げるように帰ってきたのだった。

木の上の龍《りゅう》が答えた。

「この森では、おまえのことが手に取るようにわかるのさ、竜真《りょうま》」

「ぼくの名前まで……」

「驚《おどろ》くことはない。それより、いまのおまえの気持ちは、この森の暗さにぴったりだ」

竜真《りょうま》は改めて辺りを見まわして、たしかにそうかもしれないとうなずいた。

龍《りゅう》が続けた。

「これからどうするつもりかな」

「これからって」

「いつまでもこの暗い森の中を、ひとりでさ迷《まよ》っているつもりか」

「そんなわけにはいかないよ。家に帰らないと、お母《かあ》さんが心配する」

「うむ。家に帰れば、話をきいてくれる人がいる。相談に乗ってもらえるだろう」

「そうかもね」

家にいるのはお母《かあ》さんだった。

「では、帰るんだ。帰って、これからおまえがしなければならないことを考えろ」

「うん。そうだね」

考えるまでもない。これから自分が何をするべきか、竜真《りょうま》はわかっていた。永介《えいすけ》との仲直りだ。でも、それをいつ、どうやってするかが問題だった。

竜真《りょうま》がもときた道を戻《もど》り始めると、龍《りゅう》がその背中《せなか》に声を投げた。

「大切なことを一つ教えてやろう。世界の中心に自分を置いてはいかん。自分がいるから人がいるのではない。人がいるから自分がいるんだ。そこをわきまえろ」

マンションの五階にある自宅《じたく》に帰ると、竜真《りょうま》はすぐ、リビングの窓《まど》の向こうにあるベランダに出ていった。そこからだと、例の森が真下に見えるはずだった。

「うそだあ」

森はなかった。見慣《みな》れた広い青空駐車場《ちゅうしゃじょう》が戻《もど》ってきていた。竜真《りょうま》がそのことをお母《かあ》さんに話すと、つれない返事が返ってきた。

「森なんてあるわけないでしょ」

狐《きつね》につままれた気分だった。

夕食を前にして竜真《りょうま》はお母《かあ》さんに、学校で永介《えいすけ》とけんかしたことと、帰ってきてから不思議な森に入っていって、出会った龍《りゅう》と話をしたことを伝えた。

お母《かあ》さんは、森や龍《りゅう》と会ったような話を頭から信じちゃいないって顔をして、言った。

「それは、森が好きだった龍造《りゅうぞう》じいちゃんだったのかもね。あなたと同じ辰年《たつどし》だったし」

そう言われるとあの龍《りゅう》は、龍造《りゅうぞう》じいちゃんに似《に》た顔をしていた。声にもきき覚えがあった。□□□□の言い方はそっくりだったと、竜真《りょうま》は思い返してにやりとした。

Ⓐ【問答無用】 Ⓓ【取捨選択《しゅしゃせんたく》】

正解・A

【 問答無用 】

もんどうむよう

話し合っても意味がなく、議論《ぎろん》の必要がない。
つべこべ言わせない。

〈関連語〉

▼**言行一致**（げんこういっち）
発言した内容《ないよう》と実際《じっさい》の行動がまったく同じこと。

▼**面従腹背**（めんじゅうふくはい）
表面は服従《ふくじゅう》するように見せかけて、内心では従《したが》わない。

参考

B ▼**取捨選択**（しゅしゃせんたく）
必要なものは選んで残し、不必要なものは捨《す》てる。

〈関連語〉

▼**少数精鋭**（しょうすうせいえい）
数は少なくても優秀《ゆうしゅう》でえりぬかれた人材や集団《しゅうだん》。チームとして呼《よ》ばれるときに使われる。

▼**秋霜烈日**（しゅうそうれつじつ）
秋の霜《しも》と夏の日光のように、権《けん》威《い》や刑罰《けいばつ》が非常《ひじょう》にきびしい。

【例文】

●先生はばかないたずらをした児童に、問答無用で居残《いのこ》りを命じた。

●学校では言行一致《げんこういっち》で信用が厚《あつ》い彼《かの》女《じょ》だが、家では真逆《まぎゃく》らしい。

●怒《おこ》らせると鬼《おに》になる副校長先生に、だれもが面従腹背《めんじゅうふくはい》している。

●計画を発表する前に、どこまで話すか取捨選択《しゅしゃせんたく》しないとね。

●わが校のバレー部員は六人しかいないので、少数精鋭《しょうすうせいえい》だとほめてやるしかない。

●学級委員長は秋霜烈日《しゅうそうれつじつ》の男子で、どんなずるやごまかしも許《ゆる》さない。

人数

大神山市《おおかみやま》の日暮坂町《ひぐれざか》にある日暮坂《ひぐれざか》小学校には、知る人ぞ知る七不思議がある。

その一つ。毎年一月一日《ついたち》午前一時を迎《むか》えると、校庭のどこからともなく犬の遠ぼえがきこえてくる。遠ぼえは約一分間続いてぴたりと止《や》むが、校庭のどこを探《さが》しても、犬らしい動物の姿《すがた》は見つからない。その犬は大神山市《おおかみやま》に昔いたオオカミの幻《まぼろし》の子孫ではないかという説もあるが、定かではない。

その一つ。鉄筋《てっきん》コンクリート三階建ての校舎《こうしゃ》の、だれも上ってはいけないことになっている屋上の片隅《かたすみ》に、正体不明の宇宙人《うちゅうじん》が乗《の》り捨《す》てていったとされる小型《こがた》UFO《ユーフォー》が止まっている。ときどき、タービンらしいものがまわるような音もきこえる。しかし、その姿《すがた》は透《とう》明《めい》なので、だれの目にも見えない。

その一つ。夜、先生や関係者たちがいなくなったころ、何か用事を思いついて学校にいっても、監視《かんし》カメラが働いているだけで、だれも校舎内《こうしゃない》には入れない。ところが、ときどき無人の職員室《しょくいんしつ》なのに、明かりが灯《とも》っていることがある。校舎内《こうしゃない》にも入れてしまう。死後も学校が忘《わす》れられない、ある先生のゆうれいが灯《とも》しているものと言われている。

その一つ。年に一、二回、放課後の校庭の真ん中に突然《とつぜん》、マンホールくらいの穴《あな》があくときがある。この穴《あな》に入っていくと、その先は長いトンネルになっている。そこを歩いていくと、ドッペルゲンガーという、自分と顔も声も姿《すがた》もそっくりで、そいつを見たら死が近づくとされる存在《そんざい》に出くわす危険《きけん》がある。

その一つ。校舎《こうしゃ》の中央階段《かいだん》の一階から二階に上がる階段《かいだん》の踊《おど》り場《ば》にある、全身を映《うつ》せる大きな鏡は、時と場合によって、その奥《おく》がパラレルワールドになっている。まちがってその奥《おく》に入《はい》り込《こ》むと、鏡に映《うつ》った姿《すがた》のように左右が逆《ぎゃく》になってしまう。そのまま鏡からとび出してくる子もいる。

その一つ。校舎《こうしゃ》三階の廊下《ろうか》の突《つ》き当《あ》たりにある、外階段《そとかいだん》へ通じる非常口《ひじょうぐち》のドアは、非常《ひじょう》時にあけると、異界《いかい》への出入口になる。また、日常《にちじょう》でもそのドアを十分以上あけ放していると、異界《いかい》からゆうれいや化け物や妖怪《ようかい》などが校舎内《こうしゃない》に入ってきたり、生きている人間の魂《たましい》だけが異界《いかい》へ誘《さそ》われて出ていったりしてしまう恐《おそ》れがある。

その一つ。毎年、卒業式になると、昔からずっと六年生として校舎《こうしゃ》にとりついている異《い》界《かい》の者も卒業生のひとりに加わるが、それは校内に限《かぎ》っての話だ。実際《じっさい》に卒業していく者の人数は、校内で日々《ひび》数えられている人数よりひとり少なくなるが、その事実に気がつく者はいない。そのひとりがだれなのかも、だれも知らない。そのひとりはみんなといっしょに卒業できないから、新しい六年生のクラスにそっと紛《まぎ》れ込《こ》んでいく。

卒業式の前日の午前中、二時間目の授業《じゅぎょう》があと五分で終わるというときに、一階にある給食室からどす黒い煙《けむり》が立ち上り始めた。

「先生、火事かもしれません」

最初に気がついたのは、校舎《こうしゃ》三階にある六年二組の教室の、窓《まど》ぎわの後ろのほうの席にすわっている北川《きたがわ》妃鞠《ひまり》だった。

「何ですか。どこが？」

黒板に向かってチョークを動かしていた、副校長で担任《たんにん》も兼《か》ねている黒沼良治《くろぬまりょうじ》先生が、振《ふ》り向《む》いてきいた。

「ほら、あそこです」

妃鞠《ひまり》は立ち上がって、窓《まど》の下のほうを指さした。そこからだと、校舎《こうしゃ》の一階のはしのほうにある給食室がよく見える。

先生は黒板を離《はな》れると、窓辺《まどべ》に近づいていった。両手で窓《まど》をあけて、妃鞠《ひまり》がさした方向に身を乗り出した。給食室の窓《まど》からは、たしかに黒い煙《けむり》がもくもくと出ている。

「わわわ、火事ですね」

クラスのほかのみんなもいっせいに立ち上がり、窓《まど》ぎわに殺到《さっとう》した。

「落ち着いて。これは訓練じゃありません。本物の火事です。全員起立、しているか。だったら身のまわりのものはみんなそのままにして、廊下《ろうか》に出て整列しましょう」

ほどなく、火災報知器《かさいほうちき》が鳴り出した。

クラスの児童二十八人は、全員が廊下《ろうか》に二列縦隊《じゅうたい》で整列した。そのときには、同じ三階にある六年一組と、五年一組、二組、三組の子どもたちも、廊下《ろうか》に出てきていた。

「全員そろったな。教室にはもう、だれもいませんね」

どの教室も空っぽだった。消防車《しょうぼうしゃ》が鳴らすサイレンの音が、ようやく近づいてきた。

廊下《ろうか》に並《なら》んだ児童たちの数は、五年生の三クラスで計七十七人、六年生の二クラスで計五十二人の、合わせて百二十九人だった。各クラスの先生が、一人《ひとり》ひとりを名指ししながら数えたのだから、まちがいはないだろう。

「では全員、非常口《ひじょうぐち》に向かって、前に進め」

黒沼《くろぬま》先生の号令のもと、児童たちは行進を始めた。先生がドアをあけて、二列縦隊《じゅうたい》はそのまま非常口《ひじょうぐち》から、ふだんはだれも使わない外階段《そとかいだん》を騒《さわ》がずに降《お》りていった。

消防車《しょうぼうしゃ》が校庭に入ってきた。消防《しょうぼう》活動が始まろうとしていたが、さっきまで窓《まど》から出ていた黒煙《こくえん》は、いまはずいぶん薄《うす》い灰色《はいいろ》の煙《けむり》に変わってきていた。現場《げんば》にいた給食関係の職《しょく》員《いん》や、火災報知器《かさいほうちき》でかけつけた授業《じゅぎょう》のない先生たちが、そなえつけの消火器を使って、火が燃《も》え広《ひろ》がらないように奮闘《ふんとう》したからだ。

けっきょく、火事は給食室の火もとのまわりを一部焼いたり焦《こ》がしたりしただけで、大火になる前に消し止められた。消防署員《しょうぼうしょいん》の出る幕《まく》は、幸いに現場検証《げんばけんしょう》くらいしかなかった。

校庭には、いずれも授業中《じゅぎょうちゅう》だったところを緊急避難《きんきゅうひなん》してきた全校児童が、運動会が始まる直前のように全員集合していた。

各学年各クラスの担任《たんにん》の先生が、自分の受け持つクラスの児童数を再確認《さいかくにん》している。

そのとき、黒沼《くろぬま》先生が、頭をかきながら言った。

「うちのクラスはきょう全員出席なのに。おかしいぞ、ひとり足りない」

学級委員の野村仁《のむらひとし》が、手を挙げて言った。

「先生。クリスがいません」

「クリスって、栗巣拓也《くりすたくや》だな。さっき廊下《ろうか》に整列したときはいただろう」

先生の言葉にみんながうなずいて、辺りに視線《しせん》を泳がせる。と、非常階段《ひじょうかいだん》のほうから声がとんできた。クリスだった。

「すみませーん、教室にちょっと忘《わす》れ物しちゃって」

「こらあ。勝手に教室に戻《もど》ったらいかんだろう。早くこっちにきて並《なら》べ」

先生が目を三角にしていって、全校児童全員がようやく校庭にそろった。

「教室に何を忘《わす》れてきたの？」

クリスのとなりに並《なら》んでいる赤浜早絵美《あかはまさえみ》がきいた。

「いや、本当は教室じゃなくてさ。ちょっとあっちの世界へごあいさつ」

「はあ？」

言っている意味がわからなかったが、早絵美《さえみ》はばからしくなってきき返すのをやめた。

翌日《よくじつ》の卒業式。六年二組の児童二十八人は無事に卒業を果たしたが、卒業証書《しょうしょ》を手にして学校を去っていったのは二十七人だった。校門を後にしたとたん、だれもが□□□□ですごしてきたクリスとの日々《ひび》を忘《わす》れ去《さ》って、新しい中学生生活に向かっていった。

A【波瀾万丈《はらんばんじょう》】 B【一蓮托生《いちれんたくしょう》】

正解・B

【一蓮托生】

いちれんたくしょう

結果のよしあしにかかわらず、他の人（たち）と行動や運命をともにする。

〈類義語《るいぎご》〉

▼一心同体（いっしんどうたい）

みんなが心を合わせて一つにまとまる。

〈関連語〉

▼呉越同舟（ごえつどうしゅう）

仲の悪い者同士《どうし》、敵同士《てきどうし》が同じ場所にいる。

参考

A 波瀾万丈（はらんばんじょう）

人生や物事の進み方が激《はげ》しい変化に富む。瀾《らん》は「乱」とも書く。

〈関連語〉

▼紆余曲折（うよきょくせつ）

事情《じじょう》が込《こ》み入《い》っていて、物事が複《ふく》雑《ざつ》な経過《けいか》をたどる。

▼複雑怪奇（ふくざつかいき）

物事の様子や事態《じたい》が複雑《ふくざつ》に入り組んでいて、怪《あや》しくて不思議。

【例文】

●グループに迫《せま》った危機《きき》は、一蓮托《いちれんたく》生《しょう》で切り抜《ぬ》けよう。

●クラス対抗戦《たいこうせん》は、クラス全員が一心同体になって戦う競技《きょうぎ》だ。

●けんかしている二人《ふたり》は同じバスに呉越同舟《ごえつどうしゅう》、乗っていった。

●波瀾万丈《はらんばんじょう》の生涯《しょうがい》を送った大物歌手の伝記が出版《しゅっぱん》された。

●だれの人生にだって紆余曲折《うよきょくせつ》があるものだ。

●天才を育てる、といった複雑怪奇《ふくざつかいき》な塾《じゅく》の学習法には首をかしげる。

女神《めがみ》

海が〈おはよう〉と言った。五木昴《いつきすばる》は窓《まど》をいっぱいにあけて、パジャマ姿《すがた》のまま身を乗り出した。とべたらいいな。とべたら、どこへいこうかなあ。

〈どこへでも〉と、風が言った。暖《あたた》かい潮《しお》の香りをたっぷりとふくんでいる。

〈ぼうず、好きなところへ連れていってやるぜ。どこかいきたいところがあるか？〉

ドアにノックが響《ひび》いて、看護師《かんごし》が入ってきた。

「おはよう、昴《すばる》くん。あら、窓《まど》をぜんぶあけちゃったの？　いいお天気だもんね。でも、潮風《しおかぜ》はよくないわ。ベッドに戻《もど》って」

昴《すばる》は窓《まど》を背《せ》に、スリッパを鳴らした。看護師《かんごし》は窓《まど》をしめると、やさしい声になった。

「けさは、少し熱があったからかな。朝ごはん、たくさん残しちゃったわね」

ベッドに戻《もど》った昴《すばる》が首を上げると、風はいまも、とざされた窓《まど》の向こうにいた。

看護師《かんごし》は、昂《すばる》が残した朝食の分量を見て、持ってきたボード上の紙にボールペンを走らせた。あまり軽くなってなさそうなトレーといっしょに、部屋《へや》を出ていった。

窓《まど》の向こうから風が〈ほら、あけろよ〉と身振《みぶ》りで示《しめ》した。昂《すばる》はまたベッドを抜《ぬ》け出《だ》した。窓《まど》を広々《ひろびろ》とあけにいった。

「いきたいところなら、一つだけあるよ」

風は〈おうよ〉と答えた。

潮《しお》の香りを胸《むね》いっぱいに吸《す》い込《こ》んだとき、昂《すばる》の体は風の両腕《りょううで》に抱《だ》きかかえられて、ふうわりと宙《ちゅう》に浮《う》いていた。松林を越《こ》えて、海に出た。沖合には、小さな舟《ふね》がいくつも浮《う》かんでいる。〈やあ、きたか〉と、白波が言った。

〈海も空も白波も、すっかりくつろいでいやがる。もう春だからな〉

「えっ、そうか。もう春になったんだ。半年があっというまにすぎちゃった」

〈何だよ、ぼうず。知らなかったのか。それじゃ、いってみるか。ぼうずがいまいちばんいきたい場所なら、わかっているぜ〉

風は昴《すばる》を抱《かか》えて、すべるように空を移動《いどう》した。速いはやい。

〈ぼうずが通っている学校が見えてきたぞ。桜《さくら》が満開だ〉

三学期の終わりが近づいてきていた。黄色い帽子《ぼうし》に色とりどりのランドセルを背《せ》にした子どもたちの列が、あっちからもこっちからも、校門めざして集まってきている。

昴《すばる》の家は、学校から丘《おか》のほうに向かって坂道を上ったとちゅうにある十一階建てのマンションの七階だった。ベランダからは、遠くに海が望める。

いまごろ、昴《すばる》のお父《とう》さんはとっくに会社に出かけているはずだ。お母《かあ》さんはいま、ひとりで何をしているのだろう。

昴《すばる》は、マンションの手前のベランダまでとんできていた。ガラス戸越《ご》しに、家の中をのぞき込《こ》む。お母《かあ》さんがいた。

お母《かあ》さんはいま、押《お》し入《い》れの中から掃除機《そうじき》を出して、居間《いま》の掃除《そうじ》を始めたところだ。背《せ》中《なか》が少し丸まっている。さみしそうだ。

「お母《かあ》さん！」

昴《すばる》は、ベランダから声をかけた。息子《むすこ》が空中に浮《う》いているのを見たら、びっくりしてひっくり返るかもしれない。でも、お母《かあ》さんは振《ふ》り向《む》こうとしない。掃除機《そうじき》の音がうるさくて、きこえないのだろうか。

〈お母《かあ》さんにはきこえないぜ。目にも見えない。おれたちは風だからな〉

しばらくたって、お母《かあ》さんは掃除機《そうじき》を置くと、ベランダに出てきた。昴《すばる》は、お母《かあ》さんの首と肩《かた》に手をまわした。炊《た》き立《た》てのごはんみたいに、温かくて懐《なつ》かしい匂《にお》いがした。

「ただいま、お母《かあ》さん！」

昴《すばる》は風とともに、家の中に入った。居間《いま》、寝室《しんしつ》、廊下《ろうか》、昴《すばる》の部屋《へや》、お父《とう》さんの部屋《へや》。どの部屋《へや》も、すごくきれいだった。昴《すばる》は半分うれしくて、半分悲しくなった。自分がいないから、こんなにきれいになっているんだ。

お母《かあ》さんはベランダに立って、海のほうを見ている。病院の建物が白く小さく見える。お母《かあ》さんは病院を見ていた。きょうもお昼になると、会いにくるはずだ。

〈ぼうず、春の女神《めがみ》のご到来《とうらい》だぞ〉

遠くの空から、かすかな鈴《すず》の音が響《ひび》いてきた。しゃん、しゃん、しゃん。鈴《すず》の音はだんだん大きくなってくる。やがて、のどかな光に包まれて、春の女神《めがみ》があらわれた。

〈朝の風。この子はだあれ。ここで何をしているの？〉

〈さっき知り合ったダチでさあ。半年も家に帰ってないってんで、見にきたんですよ。ほら、ぼうず、女神《めがみ》さまにごあいさつしな〉

昴《すばる》は目をとじた。まぶたの裏《うら》にきれいな、あわいピンクの光が見えた。頭のしんがしびれるような、かぐわしい匂《にお》いがした。女神《めがみ》は笑っている。

「山下昴《やましたすばる》です。日暮坂《ひぐれざか》小学校の、来月から六年生になります。でも、学校には五年生の二学期のとちゅうから、ずっといっていません」

〈しっかりとごあいさつできて、いい子ね。きょうはお天気もいいし、きのうよりまた一つ、暖《あたた》かくなりそう。森も川も海もよろこんでいるわ。わたしもうれしいから、あなたの望みを一つ、かなえてあげましょう〉

〈やったな、ぼうず。年に一度のラッキーチャンスを射止《いと》めやがった〉

風が昴《すばる》の髪《かみ》の毛《け》をくしゃくしゃにした。望みをきかれたら一つしかない。みんなはずっと気休めばかり言ってきた。治療法《ちりょうほう》なんて、きっとだれも知らないんだ。でも、お母《かあ》さんの悲しむ顔を見たくないから、昴《すばる》はずっと知らんぷりをしてきた。

〈あなたの望みは、いまかなったわ〉

そう言い残すと、春の女神《めがみ》はきたときと同じように、しゃん、しゃん、しゃん、と鈴《すず》の音も高らかに、空を優雅《ゆうが》にすべり去っていった。小鳥たちが追いかけていく。

〈よかったな。んじゃ、この辺りを一通りとんでから、帰るとすっか〉

風は再《ふたた》び、昴《すばる》をしっかりと抱《だ》きかかえた。マンションを後にして、鉄道の線路に沿《そ》ってとぶ。田畑の向こうから、朝日をはね返して六両編成《へんせい》の電車が走ってきた。

〈おーい、電車。しっかり働けよう〉

風が声を投げると、電車はぼわーん、と警笛《けいてき》を鳴らして走りすぎていった。

それから昴《すばる》と風は、丘《おか》を越《こ》え、川をさかのぼり、緑深い山々《やまやま》をめぐって、再《ふたた》び昴《すばる》の家と学校と病院がある、海辺の町に戻《もど》ってきた。

病院の窓《まど》は、あけ放たれたままだった。風は昴《すばる》を病室の床《ゆか》に、そっと降《お》ろした。

〈おれはこれから、北に向かって旅に出る。またいつか、どこかで会おうな〉

「ありがとう。元気でね」

〈おうよ〉と言って、朝の陽気な風はいってしまった。

昴《すばる》は窓《まど》をしめてベッドに戻《もど》った。おなかがとてもすいているのに気がついた。朝食をあんなに残すんじゃなかった。けさ起きたときには、食欲《しょくよく》なんてぜんぜんなかったのに。

昼食の時間に、昴《すばる》は夢中《むちゅう》で食べた。看護師《かんごし》があきれていた。でも、その後からやってきた担当《たんとう》の医師《いし》は、昴《すばる》を診察《しんさつ》してもっと驚《おどろ》いた。

まもなく、お母《かあ》さんがやってきた。医師《いし》の言葉をきいて、よろこびにむせび泣いた。

昴《すばる》はベッドから身を起こして、言った。

「四月になったら学校に戻《もど》るんだ。たくさん食べて体力をつけておかないとね」

□□□□のお母《かあ》さんは、窓《まど》の向こうからきこえてきた春の女神《めがみ》の歌声に耳を澄《す》ました。

A【喜色満面《きしょくまんめん》】　B【公平無私《こうへいむし》】

正解・A

【 喜色満面 】

きしょくまんめん

よろこびの感情《かんじょう》が顔中に満ちている様子。

〈関連語〉

▼夢見心地（ゆめみごこち）

夢《ゆめ》を見ているようなぼんやり、うっとりとした気持ち。

▼破顔一笑（はがんいっしょう）

表情《ひょうじょう》がやわらいで、にっこりと笑う。緊張《きんちょう》した状況《じょうきょう》から解放《かいほう》されたときの笑いによく使われる。

参考

B 公平無私（こうへいむし）

一方にかたよることなく、公平で私心《ししん》を持たない。

〈関連語〉

▼機会均等（きかいきんとう）

すべての人や組織《そしき》に対して、機会（チャンス）を平等に与《あた》える。

▼岡目八目（おかめはちもく）

関係ない第三者のほうが当事者より、物事を正しく判断《はんだん》できる。岡は「傍」とも書く。

【例文】

●写生画でただひとり金賞《きんしょう》をもらった姉は、喜色満面《きしょくまんめん》で家に帰ってきた。

●あこがれの映画《えいが》スターと握手《あくしゅ》できた妹は、夢見心地《ゆめみごこち》のようだ。

●祖母《そぼ》から臨時《りんじ》のお小遣《こづか》いをもらった弟は破顔一笑《はがんいっしょう》、お礼を口にした。

●どんな先生も児童生徒には、公平《こうへい》無私《むし》で接《せっ》しなければいけない。

●男女の差別なく、機会均等《きかいきんとう》に仕事が与《あた》えられるべきだ。

●岡目八目というように、ときには無関係の人の意見も大切だ。

使用した四字熟語（五十音順）

【合《あい》縁《えん》奇《き》縁《えん》】…114
不思議な縁《えん》によるめぐり合わせ。

【悪《あっ》口《こう》雑《ぞう》言《ごん》】…130
言いたい放題の悪口を並《なら》べる。

【意《い》気《き》投《とう》合《ごう》】…154
お互《たが》いに気持ちが通じ合って親しくなる。

【一《いち》期《ご》一《いち》会《え》】…114
一生に一度限《かぎ》りの出会い、機会。

【一《いち》日《じつ》千《せん》秋《しゅう》】…82
一日をとても長く感じてしまうほど待ち遠しい。

【一《いち》念《ねん》発《ほっ》起《き》】…26
過《か》去《こ》の考えを改めて、何かを成そうと決意する。

【一《いち》望《ぼう》千《せん》里《り》】…18
一目で遠くまで見《み》渡《わた》せるほど、見晴らしのよい。

【一《いち》網《もう》打《だ》尽《じん》】…162
悪いやつらを一度にまとめてつかまえる。

【一《いち》蓮《れん》托《たく》生《しょう》】…178
結果にかかわらず、他と行動や運命をともにする。

【一《いち》路《ろ》平《へい》安《あん》】…34
旅立つ人に、道中ご無事にとおくる言葉。

【一《いっ》攫《かく》千《せん》金《きん》】…26
一度にたやすく大きな利《り》益《えき》を手に入れる。

【一《いっ》騎《き》当《とう》千《せん》】…26
すぐれた才《さい》能《のう》や経《けい》験《けん》を持っていて、非《ひ》常《じょう》に強い。

【一《いっ》挙《きょ》両《りょう》得《とく》】…162
一つのことをするだけで同時に二つの利《り》益《えき》を得《え》る。

【一《いっ》刻《こく》千《せん》金《きん》】…26
一《いっ》瞬《しゅん》が千金にも値《あたい》するほど、かけがえのない。

【一《いっ》所《しょ》懸《けん》命《めい》】…42
命をかけるほど真《しん》剣《けん》に物事に取り組む。

【一《いっ》触《しょく》即《そく》発《はつ》】…154
ちょっと触《ふ》れれば大事になりそうな緊《きん》迫《ぱく》した状《じょう》態《たい》。

【一《いっ》進《しん》一《いっ》退《たい》】…82
情《じょう》勢《せい》や状《じょう》態《たい》がよくなったり悪くなったりする。

【一《いっ》心《しん》同《どう》体《たい》】…178
みんなが心を合わせて一つにまとまる。

【一《いっ》世《せ》一《いち》代《だい》】…50
一生に二度とない、生《しょう》涯《がい》に一度の立《りっ》派《ぱ》な。

【一《いっ》石《せき》二《に》鳥《ちょう》】…162
一つの行いで同時に二つの利《り》益《えき》を得《え》る。

【一《いっ》知《ち》半《はん》解《かい》】…122
一つのことをきいて半分ぐらいしか理《り》解《かい》しない。

【一《いっ》朝《ちょう》一《いっ》夕《せき》】…90
ひと朝、ひと晩《ばん》のように、非《ひ》常《じょう》に短い時間。

【一《いっ》瀉《しゃ》千《せん》里《り》】…18
物事が速《すみ》やかに運ぶ。文章や話がよどみない。

【因《いん》果《が》応《おう》報《ほう》】…106
善《ぜん》悪《あく》の行《こう》為《い》は、いつかそれに応《おう》じた報《むく》いがある。

【慇《いん》懃《ぎん》無《ぶ》礼《れい》】…42
言葉や態《たい》度《ど》などがていねいすぎて、かえって失礼。

【右《う》顧《こ》左《さ》眄《べん》】…138
右や左など辺りをうかがうだけで決《けつ》断《だん》しない。

【有象無象《うぞうむぞう》】…146
取るに足りない、つまらない人たちや物。

【紆余曲折《うよきょくせつ》】…178
事情《じじょう》が込《こ》み入《い》って、物事が複雑《ふくざつ》な経過《けいか》をたどる。

【栄枯盛衰《えいこせいすい》】…106
人や会社や組織《そしき》などが、栄えたり衰《おとろ》えたりする。

【岡目八目《おかめはちもく》】…186
当事者より第三者が物事を正しく判断《はんだん》できる。

【開口一番《かいこういちばん》】…58
口をひらくやいなや。落語の会では「前座《ぜんざ》」。

【完全無欠《かんぜんむけつ》】…122
どこから見ても欠点や不足がまったくない。

【簡単明瞭《かんたんめいりょう》】…66
物事や表現《ひょうげん》がやさしく明確《めいかく》でわかりやすい。

【艱難辛苦《かんなんしんく》】…34
非常《ひじょう》な困難《こんなん》にあって、とても苦しみ悩《なや》む。

【機会均等《きかいきんとう》】…186
すべての人や組織《そしき》に対して機会を平等に与《あた》える。

【喜色満面《きしょくまんめん》】…186
よろこびの感情《かんじょう》が顔中に満ちている様子。

【奇想天外《きそうてんがい》】…74
ふつうでは思いもよらない奇抜《きばつ》なさま。

【器用貧乏《きようびんぼう》】…162
何でも一応《いちおう》できるが特にすぐれたところはない。

【緊褌一番《きんこんいちばん》】…26
心をぐっと引きしめて物事に当たる。

【空前絶後《くうぜんぜつご》】…106
過去《かこ》にも未来にもめったにないと思われる。

【軽挙妄動《けいきょもうどう》】…162
物事を深くじっくりと考えず、軽々しく行動する。

【形勢逆転《けいせいぎゃくてん》】…42
勢力《せいりょく》などの優劣《ゆうれつ》の状態《じょうたい》が逆《さか》さまになる。

【言行一致《げんこういっち》】…170
発言した内容《ないよう》と実際《じっさい》の行動がまったく同じ。

【厳正中立《げんせいちゅうりつ》】…98
どちらにも味方せず、固く中立の立場を取る。

【捲土重来《けんどちょうらい》】…50
敗者が再《ふたた》び勢力《せいりょく》を盛《も》り返《かえ》して攻めてくる。

【呉越同舟《ごえつどうしゅう》】…178
仲の悪い者同士《どうし》、敵同士《てきどうし》が同じ場所にいる。

【巧言令色《こうげんれいしょく》】…130
言葉を巧《たく》みにあやつって、こびへつらう。

【広大無辺《こうだいむへん》】…18
どこまでも果てしないほど広い。

【荒唐無稽《こうとうむけい》】…66
何の根拠《こんきょ》もなくとりとめのない、でたらめな。

【公平無私《こうへいむし》】…186
一方にかたよることなく、公平で私心《ししん》を持たない。

【公明正大《こうめいせいだい》】…98
私心《ししん》をさしはさまず、公正にことを行う。

【言語道断《ごんごどうだん》】…66
言葉では表現《ひょうげん》できないほどひどく、とんでもない。

【斬新奇抜《ざんしんきばつ》】…74
思いつきが独自《どくじ》で、かつて類がないほど新しい。

【四角四面《しかくしめん》】…74
考え方や態度《たいど》がきまじめで、おもしろみに欠ける。

【自画自賛《じがじさん》】…138
自分や自分がしたことを、自分でほめる。

【四苦八苦《しくはっく》】…34
物事がうまくいかず、とても苦労すること。

【事実無根《じじつむこん》】…10
それが事実だという根拠《こんきょ》がまったくない。

【自縄自縛《じじょうじばく》】…114
自分の言動で自分自身の動きが取れなくなる。

【七難八苦《しちなんはっく》】…34
七種の災難《さいなん》と八種の苦しみによる多くの災難《さいなん》。

【疾風迅雷《しっぷうじんらい》】…18
強風のようにすばやく、雷《かみなり》のように激《はげ》しい。

【揣摩臆測《しまおくそく》】…10
根拠《こんきょ》もないのに、自分だけで勝手にそう思う。

【秋霜烈日《しゅうそうれつじつ》】…170
秋の霜《しも》と夏の日光のように権威《けんい》や刑罰《けいばつ》がきびしい。

【十年一日《じゅうねんいちじつ》】…82
いつまでもずっと長く同じ状態《じょうたい》が続いている。

【主客転倒《しゅかくてんとう》】…162
物事の立場や段取《だんど》りなどが逆《ぎゃく》になる。

【取捨選択《しゅしゃせんたく》】…170
必要なものは選んで残し、不必要なものは捨《す》てる。

【出処進退《しゅっしょしんたい》】…50
今後どうするかの身の振《ふ》り方《かた》、処《しょ》し方《かた》。

【順風満帆《じゅんぷうまんぱん》】…34
追い風を受けて、物事がすべて順調に進む。

【盛者必衰《じょうしゃひっすい》】…106
いま栄えて絶頂《ぜっちょう》にいる者も必ず衰《おとろ》えて消えていく。

【上昇気流《じょうしょうきりゅう》】…34
大気が上昇《じょうしょう》する流れ。調子が上向きになるたとえ。

【少数精鋭《しょうすうせいえい》】…170
数は少なくても優秀《ゆうしゅう》でえりぬかれた人材や集団《しゅうだん》。

【将来有望《しょうらいゆうぼう》】…58
将来《しょうらい》に大いに見込《みこ》みがあり、活躍《かつやく》が期待される。

【心機一転《しんきいってん》】…50
何かをきっかけに、気持ちがよい方向に変わる。

【迅速果敢《じんそくかかん》】…18
すばやく決めて、思い切って行動する。

【人畜無害《じんちくむがい》】…74
人や家畜《かちく》などに害や悪影響《あくえいきょう》を与《あた》える恐《おそ》れがない。

【心頭滅却《しんとうめっきゃく》】…98
雑念《ざつねん》を排《はい》して物事に集中する。無の境地《きょうち》に入る。

【深謀遠慮《しんぼうえんりょ》】…66
深く考え、将来《しょうらい》も見すえた計画を立てること。

【森羅万象《しんらばんしょう》】…146
宇宙《うちゅう》に存在《そんざい》するあらゆる、すべての事物や現象《げんしょう》。

【晴耕雨読《せいこううどく》】…82
自然に逆《さか》らわず、思いのままにのんびりと暮《く》らす。

【正正堂堂《せいせいどうどう》】…90
やり方や態度《たいど》が、正しくて立派《りっぱ》な様子。

【清廉潔白《せいれんけっぱく》】…98
心や行いが清く正しく、後ろ暗いところがない。

【青天白日《せいてんはくじつ》】…90
心にやましいところがまったくない。無罪《むざい》、無実。

【是是非非《ぜぜひひ》】…98
よいことと悪いことを公平な立場から認《みと》める。

【浅学非才《せんがくひさい》】…10
学問や知識《ちしき》の量が浅くて未熟《みじゅく》な（人）。

【千差万別《せんさばんべつ》】…146
いろいろなものにさまざまな相違《そうい》や差異《さい》がある。

【前人未到《ぜんじんみとう》】…106
いまだかつてだれも成功していない。

【前代未聞《ぜんだいみもん》】…106
これまでにきいたことがないような、驚《おどろ》くべき。

【全知全能《ぜんちぜんのう》】…122
すべてを知りつくしていて不可能《ふかのう》は何もない。

【先手必勝《せんてひっしょう》】…58
相手より先に攻《せ》めれば必ず勝てる。

【前途洋洋《ぜんとようよう》】…58
将来《しょうらい》への道が大きくひらけて希望に満ちている。

【即断即決《そくだんそっけつ》】…138
ためらうことなく即座《そくざ》に判断《はんだん》して即座《そくざ》に決める。

【率先垂範《そっせんすいはん》】…58
人の先に立って行動し、模《も》範《はん》を示《しめ》す。

【大器晩成《たいきばんせい》】…58
偉大《いだい》な人物は、そうなるまでに時間がかかる。

【大言壮語《たいげんそうご》】…66
できもしない大きなことを、できるように言う。

【大胆不敵《だいたんふてき》】…74
度胸《どきょう》があって何事にも動じない。

【他言無用《たごんむよう》】…114
秘密《ひみつ》として外部ではだれにも話してはいけない。

【多種多様《たしゅたよう》】…146
種類、性質《せいしつ》、状態《じょうたい》、現象《げんしょう》などがさまざま。

【眺望絶景《ちょうぼうぜっけい》】…18
ながめ、景色《けしき》、見晴らしが非常《ひじょう》によい。

【朝令暮改《ちょうれいぼかい》】…138
朝出した命令を夕方変えるように、一定しない。

【手前味噌《てまえみそ》】…138
自分で自分のことを自慢《じまん》にきこえないようにほめる。

【天下無双《てんかむそう》】…146
この世に並《なら》ぶ者がいないほどすぐれている。

【当意即妙《とういそくみょう》】…154
その場に合わせて機転をきかせた対応《たいおう》をとる。

【東奔西走《とうほんせいそう》】…42
東や西や、あっちこっちを忙《いそが》しく走りまわる。

【日進月歩《にっしんげっぽ》】…82
絶《た》えまなく急速に進歩をとげている。

【認識不足《にんしきぶそく》】…122
ある物事を正しく判断《はんだん》するための理解《りかい》に欠ける。

【破顔一笑《はがんいっしょう》】…186
表情《ひょうじょう》がやわらいで、にっこりと笑う。

【博学多才《はくがくたさい》】…10
広い知識《ちしき》と多彩《たさい》な才能《さいのう》を備《そな》えた（人）。

【博覧強記《はくらんきょうき》】…10
多くの本を読んでいて、知《ち》識《しき》の豊富《ほうふ》な（人）。

【波瀾万丈《はらんばんじょう》】…178
人生や物事の進み方が激《はげ》しい変化に富んでいる。

【罵詈雑言《ばりぞうごん》】…130
きたない言葉で悪口を言ってののしる。

【美辞麗句《びじれいく》】…130
うわべだけ美しく立派《りっぱ》にきこえる文句《もんく》。

【誹謗中傷《ひぼうちゅうしょう》】… 130
悪口や根拠《こんきょ》のない暴言《ぼうげん》で人の名誉《めいよ》を傷《きず》つける。

【百発百中《ひゃっぱつひゃくちゅう》】… 122
予想や計画していたことのすべてが的中する。

【複雑怪奇《ふくざつかいき》】… 178
物事の様子や事態《じたい》が複雑《ふくざつ》で、怪《あや》しくて不思議。

【不老不死《ふろうふし》】… 90
いつまでも年を取らずに、死なない。

【付和雷同《ふわらいどう》】… 122
むやみに他人の意見や行いに同調する。

【平平凡凡《へいへいぼんぼん》】… 74
これといって他と差異《さい》がなく、ごくふつう。

【変幻自在《へんげんじざい》】… 154
思うままに姿《すがた》を変えて、現《あらわ》れたり消えたりする。

【本末転倒《ほんまつてんとう》】… 42
大切なこととそうではないことを取りちがえる。

【三日坊主《みっかぼうず》】… 26
あきっぽくて何をやっても長続きしない（人）。

【未来永劫《みらいえいごう》】… 90
これから未来にわたって果てしなく長い歳月《さいげつ》。

【無我夢中《むがむちゅう》】… 42
心を奪《うば》われ、無意識《むいしき》にひたすら行動する。

【無私無欲《むしむよく》】… 90
自分の欲望《よくぼう》や利益《りえき》を求めず、私心《ししん》を持たない。

【面従腹背《めんじゅうふくはい》】… 170
表面は服従《ふくじゅう》と見せかけて、内心では従《したが》わない。

【面目一新《めんもくいっしん》】… 50
世間の評判《ひょうばん》が一新して、いきなり高い評価《ひょうか》を得《え》る。

【門外不出《もんがいふしゅつ》】… 114
持ち出しや貸し出《だ》しを許《ゆる》さない、非常《ひじょう》に大切な。

【問答無用《もんどうむよう》】… 170
話し合っても意味がなく、議論《ぎろん》の必要もない。

【夜郎自大《やろうじだい》】… 138
力量もない者が仲間内でいばっている。

【唯一無二《ゆいいつむに》】… 146
世の中にただ一つしかない、かけがえのない。

【悠悠自適《ゆうゆうじてき》】… 82
世の中に縛《しば》られず、自由にゆったりと暮《く》らす。

【夢見心地《ゆめみごこち》】… 186
夢《ゆめ》を見ているような、うっとりとした気持ち。

【羊頭狗肉《ようとうくにく》】… 130
羊の頭を見せて犬の肉を売る、見かけだおし。

【離合集散《りごうしゅうさん》】… 114
人や物が離《はな》れたり集まったりする。

【立身出世《りっしんしゅっせ》】… 50
世間や社会に認《みと》められて、成功者の名声を得《え》る。

【流言飛語《りゅうげんひご》】… 10
根拠《こんきょ》がないのに言いふらされる無責任《むせきにん》なデマ。

【理路整然《りろせいぜん》】… 98
話や議論《ぎろん》に筋《すじ》が通っていて、道理に合っている。

【臨機応変《りんきおうへん》】… 154
場合にのぞみ、変化に応《おう》じた適当《てきとう》な処置《しょち》をとる。

【論旨明快《ろんしめいかい》】… 66
文章や議論《ぎろん》などの筋《すじ》が通っていて、わかりやすい。

【和気藹藹《わきあいあい》】… 154
心と心が通じ合い、和《なご》やかな雰囲気《ふんいき》に満ちている。

● 著者

たからしげる

大阪生まれ、東京育ち、千葉在住。産経新聞社在職中に作家デビュー。主な作品に『盗まれたあした』『ラッキーパールズ』『想魔のいる街』『まぼろしの上総国府を探して』『伝記を読もう　北里柴三郎』『ナイトメアのフカシギクラブ』『ラスト１行の四字熟語』、編著に『ラストでわかるだれの手紙』など。日本文藝家協会会員。

装丁・本文デザイン　根本綾子（Karon）
装画　シライシユウコ

5分間ノンストップショートストーリー
どっち？　ラスト１行の四《よ》字《じ》熟《じゅく》語《ご》

2025年２月21日　第１版第１刷発行

著　者　たからしげる
発行者　永田貴之
発行所　株式会社ＰＨＰ研究所
東京本部　〒135-8137　江東区豊洲5-6-52
児童書出版部　TEL 03-3520-9635（編集）
普及部　TEL 03-3520-9630（販売）
京都本部　〒601-8411　京都市南区西九条北ノ内町11
PHP INTERFACE https://www.php.co.jp/
組　版　株式会社ＰＨＰエディターズ・グループ
印刷所
製本所　TOPPANクロレ株式会社

ISBN978-4-569-88204-8

NDC913　191P　20cm